잇스토리 영상화 기획소설 시리즈_4

유영준 작가.

영화평 공모전 입상을 통해 영화계에 발을 들였다. 여러 작품의 마케팅 및 프로듀서로 활동하다 시나리오 공모전 수상 후 극작가로서 활동하고 있다.

천재소녀, **이은주 살리기**

ⓒ유영준

(본 소설은 영상화를 위해 기획 및 발행된 도서입니다.)

창작공간 잇스토리

차 례

1. '천재' 와 '범재' 그리고 '수재'

 과거인 듯, 옛스런 느낌이 묻어나는 방송국 스튜디오의 내부다. 세 살 정도 밖에로는 보이지않는 어느 여아가 귀엽고 앙증맞은 얼굴로 앉아 있다. 총명한 눈이 웃고 있는 듯 느껴지고, 동공이 마구 움직이는 게, 호기심을 가득 담았다. 그 눈이 갑자기 길다란 천으로 가려지며, 뒤로 단단히 묶인다.

 앞엔 칠판 가득 적혀있는 천자문. 눈이 가려진 채, 테이블에 앉아 한자를 써내리는 여아. 격렬히 휘날리는 손 끝에 신기가 느껴지는 듯 하다. 여기저기 터지는 플래쉬 세례. 여아의 모습을 바삐 담고 있는 카메라들. 방청객들은 하나같이 경탄스런 시선을 담아 박수를 친다. 어느새 종이 가득 빽빽이 쓰여진 한자들.

 이번엔 칠판 가득 깨알같은 숫자들이 적혀 있고. 꼬마의 입이 웅얼거리며 움직인다. '조' '경' 단위의 숫자를 쓰고 있는 빠른 손놀림. 누군가가 다가와 왕관같은 것을 꼬마의 머리에 씌워주는데, 조금전의 꼬마가 아닌 조금 성장한 모습이다. 이제 비로서 꼬마라고나마 불릴 수 있는 6세 시절의 천재 이은주다.

 또 이번엔 미적분이 혼합된, 기하 문제와 복잡한 입체 전개도가 그려져 있는 칠판을 앞에 두고 여아와 교복입고 안경 쓴 고교 남학생, 그리고 선생님으로 보이는 중년의 남자가 동시에 풀며 끙끙댄다. 마음이 급해 우왕자왕하는 이들 고교 학생과 중년 남자. 호기롭게 답을 적고 도형을 그리며, 제일먼저 펜대를 내려 놓는 꼬마 은주가 6살 특유의 앙증맞은 얼굴로 활짝 웃는다.

이젠 사람이 아닌 컴퓨터를 상대로 체스를 겨루는 꼬마. 자동으로 움직이는 컴퓨터측 '말'이 모니터 화면에도 보여지고, 기싸움이 팽팽하게 진행된다. 고사리같은 손을 휘저으며 꼬마가 바삐 '말'을 옮기고 컴퓨터도 진땀을 흘리듯, 모니터가 수선스레 반응한다.

그러나 이때 갑자기 현기증을 느낀 듯 꼬마는 미간을 찌푸리며 스튜디오 내부는 술렁거리고, 정신을 차리며 애쓰던 꼬마가 그만 미끄러지듯 바닥에 쓰러진다. 꼬마의 '말'들이 쏟아져 내리고, 여기저기에서 우려섞인 시선들이 쏟아진다. 마치 잠이 든 듯 평온한 꼬마의 얼굴. 사방에 흩어져버린 '말'들.

<u>이 천재 꼬마의 인생은 이후 어찌되었을까?</u>

시원하고 넓은 과천 경마공원에서 말들이 코너를 무리지어 돌고 있다. 많은 사람들의 함성 소리가 가득하고 이중 잔뜩 흥분하여 목청 높여 소리지르고 있는 삼십대 언저리의 누군가가 있다. 바로 범재 류현수.
"그렇죠, 바로 저겁니다. '청파로'는 '페가수스프리'의 자맙니다. 보통 혈통이 좋은게 아니죠."

옆에선 설마..하는 얼굴로 꾼들이 지켜본다. 어느 말 하나가 무리에서 성큼 앞서 나오고, 경마 예상지를 쥐고 잔뜩 흥분한 현수는 두 손을 불끈 쥐고 소리지른다.

"그렇죠, 영리하고 혈통 좋은 씨는 지구력을 타고나는 겁니다. 뎅(선행)을 안받고도 저 탄력이면 게임셋입니다."

현수는 희열에 가득차고 꾼들은 여전히 반신반의한다. 앞서 달리던 말이 더욱 힘을 내며 가속도를 받고, 기수는 미친 듯이 채찍을 휘두른다.

"경마는 바로 추리와 분석의 게임 !! 도박이 아니라 머리를 쓰는 스포츠죠.!!"

앞선 말이 후속마필과 간격이 좁혀지는 듯 하다. 그러나 결승선이 얼마 남지 않았고 이미 안정권에 접어든 것 같다.

"끝났습니다! 저도 이제 명실공히 멘사 회원입니다! 아이큐 백 사십 팔 이상의..."

그러나 점점 말의 탄력이 줄어들며 후속마필과 간격이 좁혀지고 꾼들은 저마다 조롱하기 시작한다.

"그럼 그렇지. 그 혈통 좋은 씨가 땅을 파고 앉았네."

앞선 말의 탄력이 완전이 죽고 후속 말들이 일제히 추월하며 결승선을 통과해 버린다.

"뭐, 아이큐가 148? 에라이... 멘사회원 좋아하고 앉았네. 정신차려 이 양반아."

현수가 넋이 나가 일그러지고 아주 허탈하다.

이번엔 수재 정민의 집이다. 벽에는 멘사 회원증이 액자로 걸려 있고 주변에 수학 관련 원서들이 압도적으로 많이 쌓여져 매우 비좁다. 맞은 편 벽엔 '유클리드'와 '파스칼'의 그림들이 걸려 있고, 컴퓨터 모니터를 보면 어울리지 않게 야동이 흐르다가 정민이 채팅에 돌입한다.

<모니터의 대화창>

152 서쪽하늘 : 재성 형이 그거 빨리 보내래.

150 수재정민 : 그거라니?

152 서쪽하늘 : 알면서...

150 수재정민 : 아카시아 말하는 거야?

수재 정민이 씩 ~ 짓궂게 웃는다.

152 서쪽하늘 : 언제부터 그걸 아카시아라고 불렀데 ㅋ

150 수재정민 : 근데 이거 어떻게 서울로 보내지?

　　　　　　　택배로 부칠까?

152 서쪽하늘 : 당신 멘사 맞아? 생명의 일부라면서 고

　　　　　　　작 택배로?

150 수재정민 : 차갑게 포장만 잘하면 되지 뭐.

152 서쪽하늘 : 알아서 하셔. ㅉ ㅉ

150 수재정민 : 값 잘 쳐달라고 해줘. 인쇄값에 충당해야

　　　　　　　하니까...

정민이 조그만 캡슐 병에 담긴 자신의 아카시아를 만지작거린다.

150 수재정민 : 근데 현수는 도착했어?

152 서쪽하늘 : 현수? 누군데... 우리 회원이야?

150 수재정민 : 아니. 곧 수재의 세계에 도전하는 범재
　　　　　　　　　영업 사원.

　단단히 털려 약오른 범재 현수가 경마공원 근처 주차장에 놓
인 낡은 카렌스 앞에 다가온다. 차에는 이곳저곳 끼어져 있는 차
깡, 휴대폰깡 등의 명함이 있고 현수는 이를 씩씩대며 뽑아 던진
다. 미련이 남는 듯 경마 예상지를 잠시 넘겨보던 그가 분한 듯,
이를 던져 버리려다 관두고는 담배를 꺼내 불을 붙인다.

"제기랄 되는 일이 하나 없네. 책팔이는 진짜 하기 싫은데.."

　현수의 휴대폰이 울리고 발신번호를 보면서 이내 표정을 찡그
린다.

"왜 임마! 뭘 또 감시하려구 전화질이야."

　정민이 같은 투로 맞받는다.

"너 또 담배 물고 전화 받지? 반항에.. 허풍에.. 담배까지.. 너, 영
재성이 희박하다는 증거야."

"남이야, 니가 담배 한까치라도 사준 적 있어?"

"축하한다. 범재에서 저능아로 가는 길을..."

　수재 정민은 자신의 아카시아(?) 캡슐을 만지며 햇빛에 비춰보
고 범재 현수의 투정은 계속된다.

"어쨌든 나 너네 멘사 시험 통과하면 책팔이 영업같은 거 안한
다."

"아, 얼마든지 그러세요. 재주 있으면....

- 5 -

누구는 말이야. 생명의 일부를 팔아서 목숨 걸어 잡지를 만드는데...."

정민이 방바닥에 앉아 아카시아를 비닐에 넣고 조심스레 드라이아이스를 채운다.

"누구는 말밥이나 주러 기어 뎅기고..."

현수가 흠칫 놀라며, 주위를 두리번거린다.

"말밥은 무슨..... 됐고.. 너 재성옹인가 뭔가 하는 인간한테 얘기 잘 해 놨지?"

"빨리 가기나 해. 귀하신 수재들이 범재 한 마리 기다리게 하면 되겠냐?

"내가 범재라구?..... 닥치시고 앞으론 니들이 날 천재로 모시게 될거다."

전화를 끊은 현수는 또 다시 담배를 문다.

"수재 좋아하네. 밥맛없는 것들. 고작 멘사 시험? 오늘 이 류현수의 실력을 제대로 보여주마."

2. 범재가 수재의 세계에 도전하다.

　서울 도심 한복판에 빌딩들이 우뚝 서 있고 서서히 해가 기우는 시각이다, 어느 고층 빌딩에 현수가 두리번거리며 들어선다. 뭔가를 찾는 듯, 층별 안내판을 바라보기도 하고 계단과 엘리베이터 등 기웃거리며 정신없이 서성대자, 이를 보던 경비가 참다못해 소리친다.

"어디 찾으십니까?"

　현수가 그제서야 멈추고 다가온다.

"혹시 메쓰 퍼즐 매거진 사무실이 몇 층인가요?"

"메쓰 퍼즐?"

　경비가 수상쩍다는 듯이 현수를 아래 위로 훑어 내리고 현수는 다소 우물쭈물하며 머리를 긁적거린다.

"찾기가 힘들다는 이야기를 들어서..."

"찾기가 힘든게 아니라 들어가기가 힘든거겠지."

"네?...."

　경비가 고자세로 이를 드러내며 여유로운 미소를 짓는다.

"거기 들어가기가 매우 힘들거든"

"??"

"뭔가, 영업질하러 가는 거라면 진작에 포기하는 게 좋고...".

"???"

그래도 메쓰 퍼즐 사무실 앞까지 위풍당당 다가온 현수. 사무실의 썬팅된 유리엔 커다랗게 MATH PUZZLE 이라 적혀 있고 조심스레 다가오던 현수가 경계의 눈빛으로 내부를 엿보려 하지만 좀처럼 보이지 않는다. 섣불리 문을 열지 못하고 기웃대던 그가 헛기침을 하며 노크를 한다. 똑똑.. 그러나 기척이 없자 이번엔 현수가 손잡이를 확 당겨보는데, 갑자기 웬 여자의 음성이 들려오고 현수는 화들짝 놀란다.

"문제의 정답을 정확히 입력해 주세요. 난이도 일 입니다."

무슨 소린가 싶어 움찔하던 현수가 번호키가 있는 곳을 급히 내려 보자, 액정 화면에 문제가 다음과 같이 나와 있다.

'문제 1 - 루트 16의 제곱근은?'

빠짝 쫄은 얼굴로 이를 보던 현수지만 금방 입가에 미소가 드리워진다.

"난 또 뭐라구. 장난하냐. 어디서 이런 쌍팔년도 문제를..."

현수가 호기롭게 ±2를 입력하고는 우렁차게 손잡이를 잡아당긴다. 하지만 덜커덕~ 하고는 문이 열리지 않고.. 다시 또 음성이 흘러나온다.

"다음 문제의 정답을 정확히 입력해 주세요. 난이도 이 입니다."

'문제 2 - 0부터 9까지 10개 숫자의 번호키가 있습니다. 4자리의 비밀번호를 만들고자 한다면 경우의 수는 총 몇 가지 일까요?'

헉! 이번엔 제대로 허를 찔린 듯한 표정을 짓던 현수가 안절부절 못하며 머리를 굴려보려 애쓴다. 담배를 꺼내려다 금연 표시

를 보고 도로 넣고, 펜을 꺼내 손바닥에 적어 보면서 우왕자왕
한다. 제자리를 맴돌며 왔다갔다 하기도 하고, 혹시나.. 창피한 마
음에 노심초사 사무실 내부도 의식하며 이리저리 중얼거려본다.

"일이삼사 일이삼오 일이삼육.. 아니지. 영부터지....... 영일이사 ...
아니 영일이삼.. 영일이사.... 영일이오... 에이 씨!"

　머리를 쥐어뜯던 현수가 결국 도움을 요청하듯 전화를 걸어본
다.

"이 짜식은 꼭 중요할 때 전화를 안받아."

　이젠 아예 바닥에 엎드려 검색을 하며 종이에 깨알같이 적어
가지만 현수의 얼굴은 이미 낭패감이 가득 드리워졌다. 여기에
조롱하듯 또 다시 들려오는 음성소리.

"시간이 초과되었습니다. 다음 기회에 다시 도전해 주세요."

　현수는 망연자실해진다.

"출입에 관한 문제는 총 3가지이며, 당분간은 동일합니다."

　이를 들으며 현수가 제 딴엔 머리를 굴려본다.

"동일하다구?"

　현수가 다시금 엎드리곤, 마저 숫자를 적어가며 검색해 보려고
애쓴다. 그러나 안에서 문이 벌컥 열리며 근엄한 얼굴의 수재 재
성이 나온다. 40대 초반 정도로 보이는 다소 깐깐한 인상을 하
고 있고 현수는 꾹 다문 그 무표정에 잠시 압도된다.

"니가 그 범재... 아니, 저능아 현수라는 놈이냐?"

　얼떨떨한 현수는 들어가기 어려웠던 그곳으로 끌려 들어가고만
다.

메쓰 사무실 안에 현수가 입장하니 내부가 깨끗하고 쾌적하다. 아인슈타인과 뉴튼, 라이프니츠 등의 인물 그림이 걸려 있고 넓다란 사무실엔, 수재 서하(서쪽하늘)와 역시 수재 태이가 거리를 두고 앉아 있다. 현수가 중앙 테이블에 앉아, 이들과 언뜻언뜻 경계의 눈을 마주치는 데 서하의 책상은 깔끔하고 단정하나, 태이의 책상엔 각종 로봇 모형과 제도기, 큐빅 등으로 어지럽다. 둘다 뭔가에 잔뜩 열중하는 모습들. 현수가 주제넘게도 이들에게 다소 가소롭다는 눈빛을 보내고 있는 와중에 재성이 차를 두 잔들고 현수에게 온다.

"두뇌에 좋은 차다."

"아, 네. 고맙습니다."

가만히 보니 재성의 차엔 희고 말랑한 뭔가가 담겨있다. 현수는 이를 호기심 담아 바라보는데, 재성이 그 말랑한 뭔가를 꺼내 입에 넣고 씹는다.

"왜 계란이 아니어서 희한한가? 콩이 머리에 좋다는 건 너도 잘알지?"

재성이 우적거리며 씹고 있고 현수는 심히 비위상한 표정이다.

"피타고라스 학파들이 주로 먹는 음식이 콩이었다. 머리에 좋기 때문이었지. 그들은 콩의 힘으로 삼각수를 정리했고 자연수로 음악을 연주했다."

현수는 도통 뭔 소린지 접수가 안되고 있다.

"왜? 믿기지 않아?"

"?"

"158   152   148   150"

"??"

"왜 감이 안와? 여기있는 사람들의 지능이지. 정민이를 포함해서. 근데, 너도 감히 문제 출제 위원이 되고 싶다고 했다면서.."

현수가 이 말을 기다렸다는 듯이 반갑게 대답한다.

"네, 그렇습니다."

하지만 재성은 매우 못마땅하고 미심쩍다는 얼굴을 한다.

"이력서를 보니, 삼수해서 지방대 인문계열 나왔고. 자격증은 운전면허 외에 전무. 경력은 차팔이 3년에 약팔이 3년... 안 팔아본 게 없구..."

저만치서 태이와 서하가 키득거리기 시작한다. 태이는 더 나아가 자신의 분신이 담긴 캡슐을 들어 올리고는 조소한다,

"그렇다면 아카시아는 팔 수 없겠네요."

이런 태이에게 서하는 찡그리며 눈총을 주고, 재성도 입에 손가락을 대며 태이를 제지한다. 하지만 그게 무엇 인지 간파한 현수는, 야릇한 표정으로 밝아진다.

"저도 뭔지 압니다. 그거."

분위기 파악을 못한 현수가 신나서 계속 떠든다.

"혹시나 해서 저도 가져 왔는데....다들 몇 번씩들 해서 캡슐을 채우나요? 저는 세 번이면 되는데..."

세 명이 기막힌 표정이 되어 현수를 본다.

"정민이 자식은 수재라는 놈이 다섯 번은 해야 된다네요. 그래서 제가 정민이 것도 같이 가지고 오려고 했는데 채워지지 않아

서...".

재성의 얼굴이 조금 험상궂게 변한다.

"죄송합니다. 같이 가져 왔어야 되는데.. 그게 신선도가 중요하죠?"

재성은 더욱 험상궂어지고 이를 눈치보던 현수는 기어들어가는 소리로 말한다.

"그래도 오늘 택배로 부친다고 했습니다."

재성이 이제는 폭발할 듯한 얼굴을 한다. 도무지 재성의 장난과 조롱에 감을 잡지 못하고 있는 현수는 그저 주워삼키는데 급급하다.

"퀴..퀵으로 하라고 전화할까요?"

태이의 웃음이 터지면서 일동 세 명이 박장대소한다. 서하는 눈물 날 듯 웃어제끼고 재성 역시 어이없다는 너털 웃음을 쏟아낸다. 그러나 아직도 여전히 영문을 모르고 있는 현수는 그저 멀뚱거리고 재성은 단호하게 일갈한다.

"앞으로 쓸데없는 짓 하지 말고.. 잡지나 열심히 팔아. 그 정도의 경력이면 충분히 영업사원으로 합격!"

"어, 약속이 틀린데요. 전 멘사 시험 보고 제대로 평가 받으러 온 건데..."

재성이 현수에게 가까이 와서 같지 않다는 듯 시험한다.

"다빈치는 화가일 뿐이고, 소크라테스는..철학자일 뿐이지? 맞지?..."

"??...#"

"21세기는 2000년부터고... 아라비아 숫자는 아라비아에서 만들었고...?..."

"??? .... $%#"

재성의 소리가 마치 독심술을 부리는 것처럼 현수를 찌른다..

"맞다고 생각하지? . 그러니까 넌 안돼. .....무슨 놈의 평가?"

"그... 그래도.. 이건.."

"출입구에서 들어오지도 못하고, 버벅된 걸로도 충분하고..."

그렇지만 도저히 밀리고만 있을 수 없는 현수가 소리치며 항변한다.

"그래도 안됩니다!!!"

결국 현수 앞에 시험지가 놓인다. 멘사 지능 평가 시험지다. 여기저기 넘겨보던 현수가 다소 난감한 표정이 된다.

"지금 보면 반칙이다. 문제는 총 45문제. 한 문제당 30초씩"

"무슨 그..그런 법이..."

"원래 그런거다. 시간은 20분."

"아니 그래도..."

"자, 시작 !"

현수는 어쩔 수 없이 허둥대며 시험지에 얼굴을 파묻고 딴엔 열중하려 해본다. 그런데 이 때, 서하가 바이올린을 연주하기 시작하고 이를 쳐다보니 심히 거슬린다. 여기에 더해 갑자기 태이는 클라리넷을 불기 시작한다. 도저히 집중을 할 수 없는 상황이고, 멘사 문제들이 현수의 눈에 춤을 추듯 붕붕거린다. 악기 소리들이 섞이는 와중에, 어딘가에서 코고는 소리까지 들려온다. 이를 바라보면 쇼파에 재성이 잠들어있다. 결국 현수는 귀를 막고 머리를 싸맨다.

같은 시각 정민의 집이다. 어느새 창밖은 어두워졌고 정민이 씩~ 웃는 표정을 지으며 컴퓨터 앞에 앉아 있다.

152 서쪽하늘 : 현수라는 친구 완전 최악이다.

150 수재정민 : 지금 시험 보고 있어?

152 서쪽하늘 : 내가 볼 땐 범재조차 아닌 거 같은데.

150 수재정민 : 확실히 꿈깨게 만들어 버려.

152 서쪽하늘 : 현수씨가 뭘 가져 왔는지 알아?

150 수재정민 : ??

152 서쪽하늘 : 아카시아

150 수재정민 : 뭐라구? 자기 껄?

메쓰 퍼즐 사무실에서 서하는 키득거리고, 현수는 거의 시험을 포기한 듯 죽상이 된다. 이 때 꼼짝 않고 잠들어 있던 재성이 벌떡 일어선다.

"그만! 타임 아웃!"

잠시후 재성이 채점 결과를 손에 쥐었다.

"언어 추리 수학... 분야별로 전부 미달. 합계 점수는.."

"이건 부당합니다."

"뭐가 부당해?"

"시험 환경이.. 도무지 집중이 안되고..게다가 누구는 웃고 떠들고, 코 골고.."

"그만! 순발력, 집중력도 지능 항목이라는 거 몰라?

그저 머리를 내리 까는 현수가 길게 한숨을 내뱉는다.

"합계 점수는..."

태이가 재밌다는 듯 음흉한 표정으로 결과를 기다린다. 사색이 되어가던 현수는 그래도 고개를 들고 초조히 재성을 바라본다. 서하는 그저 모니터에 푹 빠져 있고 재성은 가라앉는 음성으로 나직하게 말한다.

"본인의 명예와 향후 영업 활동에 사기 저하를 고려하여..... 발표하지 않도록 하겠다."

안면이 부들부들 씰룩이던 현수지만 바튼 숨을 내쉬며 안도하고 서하는 모니터 가까이에 머리를 박으며 계속 키득거린다.

150 수재정민 : 얼마나 나왔어?

152 서쪽하늘 : 글쎄.. 포레스트 검프와 친척.

　　　　　　　돌고래 또는 망아지와 이웃 사촌.

"재시험 보게 해주세요. 이건 공정하지 못합니다. 게다가 아이큐가 전붑니까? 이큐도 있고 에스큐도 있고.."

"지금 장난해! 이게 너 쪽지 시험인 줄 알아?"

재성의 고함 소리에 현수는 움찔하여 다시금 머리를 내리 깔고, 재성은 조금 누그러져 측은하게 현수를 내려본다.

"경북이나 전북이나 모두 중요한 지역이다. 정민이를 힘껏 도와, 잡지 영업에 매진하도록. 이상!"

뭔가 항변하려다가 현수는 결국 머리를 파묻고 한숨을 쉬는데 불쌍히 이를 바라보던 재성이 살며시 자리에서 일어나 수학 문제지와 다면체 큐빅 하나를 가지고 온다.

"이 문제지는 정민에게 전해. 검수하고 인쇄하라로 하고... 이거 진짜 전국 각지의 수재들이 만들고 엄선한 문제들이다."

현수가 문제지를 물끄러미 넘겨보지만. 마치 까막눈이 글을 보려하는 표정이다.

"그리고 너는, 특별히 어여삐여겨 한번의 기회를 더 주겠다.

"???"

재성이 다면체 큐빅을 자랑스레 내민다.

"선물이다."

뭔가 낌새를 느낀 듯, 태이와 서하는 또 키득댄다.

"시간은 무제한! 맞춰 오기만 하면 그 순간 영업은 그만둘 수 있다."

현수가 섞여져 있는 큐빅을 들고 바라보지만 심히 난감하다.

"자그마치 216 면체의 큐빅이다. 회사 로고가 있는 메쓰 퍼즐 매거진 의 상징과도 같은 거지."

현수가 짐짓, 섞여 있는 큐빅을 이리저리 돌려보는 시늉을 한다.

"해체와 분해가 불가능한 특수 재질이다."

다시 태이가 끼어들면서 자기 캡슐을 올리며 이죽거린다.

"단 한 면이라도 맞춘다! 에.. 내 분신을 건다."

이를 보는 서하는, 심히 불쾌한 듯 찌푸린다..

"제발 그거 안치워!"

이때, 문을 열고 말끔한 양복 차림의 누군가가 들어온다. 인상이 별로인데다 넉살까지 있는 목소리가 사무실을 쩌렁쩌렁 울린다.

"아따.. 이제 그만 현관 문제 좀 바꾸시지."

그는 메쓰 퍼즐 일동들, 즉 수재들의 분신을 매매하고 다니는 브로커다.

"요즘엔 도둑들도 지능이 높아서 조심해야 됩니다."

"뭐 매번 이렇게 직접 오시고..."

"귀하신 분들의 분신인데 직접 받으러 와야지요. 경기도 않좋은데..."

서하는 브로커를 벌레보듯이 시선을 피한다.

"이젠 자유롭게 드나드니, 나도 멘사 회원 다~ 된거 같소!!"

넉살떠는 브로커의 시선에 현수가 들어온다.

"아니 여기 이분은?"

"이 친구는 우리 회원이 아닙니다."

"아하, 그렇다면 둘 중 하나겠군요. 나같은 둔재이거나.. 아니면.. 천재?"

가뜩이나 조롱거리가 되어있던 현수가 무너져 내린다.

메스 퍼즐에서 쫓겨나다시피 나온 현수가 빌딩 지하 주차장으로 내려와 카렌스 안에서 216면체 큐빅을 맞추려 용을 써본다. 그러나 이내 포기한 듯 큐빅을 내려놓고 핸들에 쿵쿵 머리를 찧는다. 그러고는 분한 듯 중얼댄다.

"뭐 피타고라스? 두부? 지랄 염병하고 자빠졌네. 이십세기가 이

천년이든 이천 일년이든.. 뭐 상관이야. 그게 밥 멕여 줘? 글고 숫자가 인도에서 만든거면 인도 숫자지. 왜 아라비아 숫자라고 부르고 지랄인데."

　와중에 전화벨 소리가 울리고 현수가 짜증 가득 담아서 받는다.

"너, 왜 꼭 필요할 땐 전화 안받어 임마!"

"시험 끝났다며?"

"뭐? 니들 스토커야? 이것들 완전 패거리네. 사람 일거수 일투족을 감시하고...

그 바이올린 기집애냐? 아니면 기분 더러운 오타쿠냐."

"시험은 잘 봤냐?"

"뭐, 시험?.... 뭐 그야 당연한 거지."

"오, 그래?"

현수가 복잡한 큐빅을 보고 있지만 짐짓 허풍을 떤다.

"이거 숙제만 해가면 게임 끝이다."

"재성 형이 내준 거지?"

"그 사악한 인간 얘긴 관두고, 나도 그거나 좀 하게 해줘."

　현수가 내부 트렁크를 열어, 비닐에 얼음을 채운 캡슐을 꺼낸다. 지금까지 등장한 캡슐에 비해 가득 차 있다.

"아카시아 말하는 거야? 몇 번을 말해야 알아 들어? 그건 서울 상위권 대학의 이공계 출신. 그리고 140 이상의 지능이 있어야 해."

"그러니까 니가 도와주면 되잖아! 니 꺼라고 하면서 팔아 주던가."

"큰 날 소리하네. 이 바닥 신용이 생명인거 몰라?"

"미친 놈. 어차피 불법인거. 이 딴 불법 행위 하면서도 사람 차별 하냐?"

"잔말 말고 문제지나 가지고 빨리 와."

전화를 끊고 자신의 아카시아를 잠시 바라보던 현수가 그냥 밖으로 던져 버리려하다가 고이 트렁크에 집어넣는다. 그러고는 받아 온 문제지를 건성으로 넘겨본다.

"미친놈들. 요즘에 종이로 된 잡지를... 게다가 이 어려운 걸 누가 사서 푼다구... 정말이지 영업 전선에 엄청난 애로가 있겠구만..."

조수석에 외로이 놓여져 있는 216면체 큐빅을 가만히 바라보던 현수가 무슨 좋은 생각이 떠오른 듯 힘차게 시동을 켜고 주차장을 빠져 나간다.

정민의 집에 현수가 왔다. 시간은 새벽 2시가 넘어간다. 정민은 책상에 앉아 열심히 문제를 검토한다. 현수는 벽에 기대서 하릴 없이 큐빅만 만지작거리다가 정민을 째려본다.

"내 그럴 줄 알았지만 친구라는 놈이 의리없이 말야. 너도 이거 못 맞추지?"

"바쁘다. 말 시키지 마라."

"새끼. 못한다는 소린 죽어도 안하지. 그리고 그 거지같은 문제들, 니들 수재들은 풀 줄 아냐? 문제라는게 난이도가 있어야지. 상 중 하 몰라? 수험생들한테 용기를 주는 게 아니라, 깊은 좌절

감이나 주려하고.."

"말 시키지 말라니까. 범재는 그저 영업만 잘 하면 돼요."

"영업을 촉진하려면 미끼가 있어야지. 요즘 시대에 맨땅에 헤딩이 되냐?"

"무슨 소리야?"

"이를테면, 애독자 수학 퀴즈 정답을 맞추면 경품같은 걸 준다던지...."

"?!!"

"어차피 이 어려운 문제 맞추는 인간도 없을 테니 위장 경품 걸면 되지 뭐."

"역시 범재가 잔머리엔 강하구나. 책임질 수 있어?"

"뭐를? 퀴즈 문제를?"

"아니 경품을."

3. 숨은 천재, 이은주

소담스럽고 고즈넉한 교외. 나른하고 여유롭다. 버스 정류장임을 알리는 팻말 옆으로 신문 잡지를 파는 가판대가 외롭게 놓여져 있다. 정류장에 버스가 조용히 정차 했다 지나가면, 한 남자가 내려 가판대로 향한다.

가판대 안에는 20대의 여자 은주가 엎드려 잠자고 있다. 지긋이 감은 눈에 다소 지쳐 보이는 혈색이 창백한 느낌마저 주고, 살랑 불어오는 바람은 은주의 머리를 살짝 나부끼게 한다. 방금 버스에서 내린 남자가 가까이 다가온다.

"씨네퍼즐 하나 주세요."

은주가 부스스 일어나더니 남자를 한 번 올려다 본 후 귀찮은 듯 잡지를 꺼내 내민다. 돈을 받는 둥 마는 둥 다시 엎드리는 은주. 이런 은주를 조금 한심한 듯 보던 남자가 사라지고는, 조금 후 식식거리며 돌아온다.

"이것 보세요!"

은주가 다시 부스스 일어난다. 그러나 여전히 굼뜬 동작이다..

"아니, 죄다 풀어 논 잡지를 팔면 어떡합니까?"

은주가 느릿느릿 잡지를 펼치자, 낱말 풀이에 답들이 죄다 적혀 있다. 하지만 그게 뭐 대수냐는 듯 남자를 보는 은주는 만사가 귀찮다는 얼굴을 하고 있다. 남자는 황당하지만 은주는 통명

스레 건성으로 반응한다

"바꿔 드리면 되잖아요."

대충 새 잡지를 내밀고 다시 엎드리는 은주 앞에 남자는 정말 어이없다.

현수의 집이다. 빌라 지하 원룸. 깔끔하게 정돈된 가재 도구와 책장. 시트가 깨끗하게 말려 있는 침대. 미동하고 있는 흔들 의자. 내부는 넓어 보이고 전체적으로 단정해 보인다.

물기 하나 없는 세면대와 가지런히 정리된 씽크대가 이와 어울리지 않게 의외로 깔끔 떠는 범재 현수의 또 다른 모습을 보는 것 같다. 현수가 캡슐과 큐빅을 책상 언저리에 두고 모니터를 바라보고 있다.

<모니터 화면>

: 216면체 큐빅 맞춰주실 분 없나요? 사례 할께요.

그러나 현수는 마음에 안드는지 황급히 지운다.

: 216면체 큐빅 맞출 수 있는 사람. 선착 순 1 명. 경품 있슴.

이 때 누군가가 현관 문을 마구 두들긴다. 현수가 다소 놀라 숨죽이면서 사뿐사뿐 현관으로 가려다가, 급작스레 들리는 초인종 소리에 다시 움찔한다. 현관 문 외시경에 눈을 대고 바깥을 살피는 현수의 눈에 노랑 머리의 여고생이 가까이 다가 온다.

"현수 아찌! 있는 거 다 알아. 빨리 문 열어."

문을 열자 밀고 들어오는 소혜가 실력 정석의 어느 부분을 펼치며 장난스레 내민다. 기하와 벡터의 장이다. 이를 난감히 바라보던 현수가 얼버무리듯 둘러댄다.

"걱정 마. 이딴 거 시험에 안 나와."

"아찌한테 물어보는 내가 바보지."

"시험만 잘 보면 되는 거 아냐?"

"어쩜, 누가 주입식 교육 세대 아니랄까봐.."

"지금은 달라? 다르냐고? 그놈의 졸려터진 학교 선생들, 어디갔겠냐?"

현수의 책장에 빼곡하게 꽂혀 있는 LP 판들을 꺼내보는 소혜. 현수는 헛기침을 하며 가소롭다는 눈으로 소혜를 본다.

"니가 그걸 보면 아냐? 프로그레시브의 그 오묘한 세계를..."

"좀, 신나고 좋은 것들 없어?"

"맨날 댄스만 찾는 음악성으로 나랑 뭘 논하겠냐. 주인집이라고 툭하면 시끄럽게 꿍꽝거리기나 하고.."

"걔네들, 우리 학교에서 전부 영재소리 듣는 애들이야."

"영재 좋아한다. 방정식 잘 풀어 가수되는 애들 봤냐? 어째서 내 주위엔 머리좋은 놈들만 한트럭이냐."

말이 안통하는 듯, 소혜는 고개를 절레절레 젓는다.

"아찌 보증금도 다 까먹어가는 거 알지? 아빠가 그렇게 전하래"

"너, 그 말 할라구 온거지?"

"그럼 수재 정민 오빠도 아니고, 현수 아찌한테 벡터를 기대했겠어?"

현수가 잘 되었다 싶어 영재 학교 다니는 소혜한테 큐빅을 부탁하려는 순간, 소혜에게는 책상에 놓인 캡슐이 눈에 들어오고 무심코 손대려 한다.

"이건 뭐야?"

　그러나 현수가 화들짝 놀라면서 이를 가로채고 만다.

"아, 아니야... 이건 말이지. 이건 말이지.　....그렇지 풀이야. 풀. 우리 땐 미술 시간에 이런 풀을 썼어. 들어봤나? 찹쌀풀!"

　얼굴이 화끈거리며 이를 감추려 황급히 두리번대던 현수가 결국 냉장고를 열고 구겨넣어 버린다. 소혜는 뭔가 하면서도 왠지 알 것만 같다.

　다음 날 아침 정민의 집 앞. 정민과 현수가 부지런히 잡지들을 차에 싣고 있다.

"웬일이냐? 댓바람부터...니가 제대로 영업맨이 되기로 마음 먹었구나,"

"이게, 어디서 일찍 와도 난리야."

"니가, 드디어 인간이 되가는 거지."

"기왕 인간이 되는 거, 천재 호모 사피엔스로 살고 싶다."

　현수가 낑낑대며 잡지를 뒷 좌석에 가득 실으니, 차가 제법 묵직해 진다.

"이제 차 좀 바꿔라. 아직 브레이크 발 띠어도 꼼짝 안하지?"

"악셀만 밟으면 잘 나간다."

"명색이 한국 최초의 수학 잡지를 나르는 건데..."

"하나 사줘 봐 임마. 명색이 하나 밖에 없는 세일즈맨인데."

"그건 그렇고, 너~ 확실히 책임져야 돼."

"경품? 걱정 붙들어 매. 그 사악한 재성 옹이 만든 퀴즈라며? 내 진짜 대한민국에서 맞추는 사람 있으면 인간 류현수 성을 간다."

차에 올라타는 현수가 마구 시동을 건다. 정민은 이런 현수가 마음이 안놓이는지 소리높여 외친다.

"모든 서점하고 가판대 빼놓지 말고 깔아!"

현수가 출발하면서 창밖으로 중지를 올려 세운다.

비슷한 시각의 은주가 있는 가판대. 여전히 한가롭고 여유롭다. 은주가 조용히 책을 읽고 있다. 앞에는 손님마냥 매우 못생기고 키 작은 남자가 서 있는데, 크고 헐렁한 양복이 어울리지 않고, 파란 넥타이가 부조화스럽게 튄다.

"저 생각 좀 해보셨는지..."

댓구는 커녕, 은주는 책에서 시선을 떼지 않는다.

"요즘엔 국내뿐 아니라, 수출도 많이 합니다. 수출 역군이 될 수도 있는 거죠."

그러나 은주는 귀머거리 마냥 눈길 한번 주지 않는다..

"전 세계의 불행한 사람들에게, 그걸 공여하는 것은 매우 뜻 깊고 값진 일이라 사료됩니다."

마치 교회 전도하는 말투로 나름 애쓰고 있다. 그러나 은주의 계속되는 투명인간 취급에 힘이 빠지고 만다.

"한번 더 명함을 놓고 가겠습니다. 심사숙고 부탁합니다."

넥타이는 사라진다. 은주는 그제서야 책에서 시선을 떼고는 파는 라이터를 하나 뽑아, 명함에 마구 불을 붙인다.

점점 해가 기울어간다. 하루 일과를 마치려는 은주가 가판대에 놓인 신문들을 정리하며 안으로 들여놓고 열쇠를 채운다. 와중에 현수가 다녀 간 듯 '메쓰 퍼즐' 잡지 뭉치들이 보인다.

은주가 무심한 얼굴로 거리를 걷는다. 멀리 아파트 건물들이 보이고, 약간의 내리막을 따라 그녀가 걸어내려 온다. 다리가 조금 불편한 듯, 절뚝거리는 거동이지만 크게 두드러져 보이는 건 아니다. 주위에 드문드문 차들이 지나가고 유달리 은주의 눈에 들어오는 번호판의 숫자 들. 하늘엔 노을이 지고 있고, 문득 멈춰 서서 우울히 이를 바라보는 은주의 얼굴에 낙조가 스며든다.

어느 아파트 단지 초입. 천천히 걸어오던 은주가 어느 곳에 조용한 시선을 준다. 시선이 머문 단지 입구에는 초등학생 꼬마가 중고 장난감과 실로폰의 등의 악기, 그리고 인형들을 펼쳐 놓고 앉아 있다. 가까이 다가 선 은주가 상체를 구부리고 앉아 이를 찬찬히 둘러보기 시작하고, 꼬마는 이런 은주를 유심히 바라본다.

은주가 인형과 장난감들을 헤집고 안에 숨어있는 9면체 큐빅을 살며시 들어올리더니 입가에 가느다란 미소를 지으며 두 손으로 소중히 큐빅을 감싸쥔다. 이런 은주를 호기심 가득 지켜보던 꼬마가 살짝 입을 연다.

"한번도 완성 못하고 파는 거에요."

"이거 얼마니?"

"천원만 주세요."

"...세상에.. 이십년 전하고 가격이 똑같네."

이 때 다른 이가 와서 구경을 하고, 꼬마의 시선이 잠시 딴 곳에 머문 다음 돌아오자, 은주는 어느새 완성된 큐빅을 들고 있다. 꼬마는 설마.. 하고 신기한 듯 바라보고 은주는 큐빅을 제자리에 놓으며 복잡한 생각에 잠긴다.

"그거. 언니가 가져요. 그냥 드릴께요."

"아니...저건 팔지마. 꼭 한번 맞춰 보고."

돌아서 걸어가는 은주의 뒷모습을 꼬마가 오랫동안 바라본다.

횡단보도에 서서 신호를 기다리는 은주. 어린이 보호 구역을 알리는 자주색이 사방에 칠해져 있다. 사람 몇몇과 함께 섞여있는 은주는 계속 골똘히 수심에 잠겨 있다.

이윽고 신호가 바뀌고 사람들이 움직이기 시작하는데, 생각에 잠겨 멍하니 움직이지 않던 은주는 뒤늦게 정신을 차리고 바뀌는 신호에 급히 달려가려 한다.

그러나 이와 동시에 점멸에 그냥 통과하려던 승용차가 급박하게 멈춰서고, 거의 차에 치일 뻔한 은주는 사나운 표정으로 운전자를 쏘아본다. 운전자는 가슴을 쓸어내리지만 눈빛에 광기가 서린 은주가 성큼 다가온다.

"죄..죄송합니다. 어디 다친데는...."

말이 끝나기도 전에 은주는 운전자의 머리채를 마구 붙잡고 흔들며 따귀를 때려대기 시작한다.

"아 아파 ....그만..그만!!!"

서로 옥신각신하는 와중 운전자의 비명 소리가 점점 커진다.

결국 지구대에 은주와 운전자가 끌려왔다.. 운전자 남자는 잔뜩 할퀴어진 얼굴로 식식거리고 은주는 머리만 조금 헝클어졌을 뿐

멀쩡하다.

"이 여자가 먼저 때렸다니까요. 내 얼굴 좀 보세요."

　그러나 은주가 고개를 휙 돌리며 노려보고 운전자는 흠칫 놀라 쪼그라든다.

"이... 이 여자 눈 좀 봐요. 보통 여자가 아닙니다."

　순경들이 조용! 조용！하면서 제지하고, 그 중 한 명이 은주에게 취조하듯 다그치며 말한다.

"성함?"

"……"

"이름이 뭡니까?"

"이..은..주"

"주민번호?"

"……"

"주민번호 말해요.. 자꾸 두 번씩 물어보게 할겁니까?"

　다른 순경이 다가와 순경 귓가에 대고 살며시 속삭인다.

"조금 모자란 여자 아냐? 행색도 그렇고."

　컴퓨터 단말기 모니터엔 은주의 과거 기록이 보여지고 있다.

"어릴 때 사고 기록이 있네요. 정확히 언제였죠?"

"제가...대학 졸업할 때..."

"뭐라구요? 장난해요? 십오년 전 일인데 대학이라니..."

　한 명 두 명 다가와, 같이 모니터를 바라보는 순경의 표정들이 의아하다.

"이게 뭐야? 과실치사? 사람을 죽였다고？　그것도 다섯 살 때?"

떠올리기 싫은 은주가 시선을 피한다. 영문을 알 수 없는 운전자는 점차 공포스런 얼굴이 되어간다.

"이은주씨! 살인을 했던 다섯 살 때 고등학생이었다고요?"

운전자가 사색이 되어 벌떡 일어선다.

"됐습니다. 그냥 취..취하할게요."

메쓰 퍼즐 사무실에 번개가 번쩍하고 천둥이 요란하게 친다. 세차게 내리는 비가 창문을 두드린다. 날씨와 어울리지 않게 로맨틱한 무드를 조성하며 마주보고 있던 재성과 서하가 깊게 입맞춤을 하고 창문을 때리는 빗줄기 소리가 더욱 요란하게 들려온다. 잠시후, 비는 멈췄고, 재성과 서하가 소파에 앉아 옷을 주섬주섬 입는다. 매무새를 가다듬던 서하가 침묵을 깬다.

"태이가 외출을 다하고 웬 일이래. 책상에 백시간도 넘게 앉아있는 애가.."

"원래 오타쿠란 녀석들은 다 그렇다."

"어디 간 건데..."

"최고로 아끼는 간담 팔이 부러져서 수리하러 갔단다."

"역시... 태이는 정상이 아니야."

이 때 누군가 현관 문을 열려고 하는 소리가 들린다. 둘 미처 옷을 다 못 입은 채로 놀란다.

"태인가 봐. 재성형 서둘러!"

"아닐거다."

"그래도 빨리."

그렇지만 밖에서 들어오지 못하고 버벅거리는 기척이 들리자 둘 모두 안도한다.

“현수씨란 사람이 또 온건가?”

“출입 문제는 바뀌지 않았다. 만약 현수라면, 그 놈은 범재가 아니라 정신장애다.”

재성이 뚜벅뚜벅 현관으로 다가가 문을 열어준다. 밖에는 매우 피곤한 얼굴의 우편 배달원이 우비 장화 차림으로 무장한 채 서 있다.

“무슨 현관키가 비밀번호도 아니고 뭐?... 곱배기 두 근?”

우편 집배원으로부터 엽서 한 장을 받아 든 재성과 서하가 어안이 벙벙해져 도저히 입을 다물지 못한다.

“아니 이거 재성형이 만든 회심의 문제였잖아?”

“....!!............”

“발신지가 .....정민씨 있는 곳 근처네.”

“아벨의 장난 문제를 푸는 독자가 있다니...다음엔 더 난이도를 올려야 하나?”

“그보다 더 어렵게 내는 게 가능해? 이번 애독자 문제는 난제에 가까운 문제였어. ..어? 근데 이건 또 뭐야? 냉장고? 경품을 걸었었어?”

“뭐라구? 냉장고?”

마침 현관문을 잽싸게 열고 들어오는 태이가 찔끔찔끔 훌쩍이고 있다.

“간담 치료가 안된데요. 일본에 보내야 된데요.”

가뜩이나 황당한 상황이던 재성과 서하가 기막혀서 말도 안
나온다.

4. 범재가 천재를 만나다.

　현수와 정민이 서로 불만 가득 노려보면서 팽팽히 기싸움을 벌인다. 바깥에선 요란스럽게 천둥이 치며 지나간다..

" 누군가가 모범 정답을 보내왔어. 약속대로 책임져! "

" 친구야. 내 형편 잘 알면서.. "

" 주소는 수성동의 아파트! 필적을 볼 때 여성. 그 밖에 정보는 아무것도 없어! "

" 여, 여자라구? 근데 핸드폰도 없어?.... "

　줄곧 난감하던 현수지만 여자라는 말에 입꼬리가 솟고 있다.

　다음날 아침, 현수는 낑낑대며 소형 냉장고를 차 뒷좌석에 싣고는 뭐가 즐거운지 콧노래를 부르며 운전대를 잡는다.

"인간 류현수! 약속을 지킨다."

　현수가 힘차게 시동을 건다. 천재 은주를 찾아서 범재 현수가 간다. 차에선 영국의 그룹 ASIA 의 음악이 빠른 비트로 흘러 나오고 있고 더욱 볼륨을 높힌다. 시원스레 국도를 질주하는 차안에서 현수는 핸들을 탕탕 쳐대며 신이 나 어쩔 줄을 모른다.

'회심의 애독자 퀴즈 정답을 보내온 사람이 여자라고? 흐흐'

　어느 임대 아파트 앞으로 현수의 차가 미끄러져 들어온다. 2층짜리 아파트가 두 채 서 있고 조금은 허름하고 을씨년스런 느낌이 난다. 현수는 차창 밖으로 초라한 아파트를 보며 고개를 갸우

뚱한다.

아파트 현관으로 현수가 천천히 들어간다. 대낮이지만 현관이 컴컴한게 음산한 기운이 감돈다. 죄다 찌그러지고 지저분한 우편함들엔 우편물들이 어지러이 꽂혀 있고, 현수가 냉장고를 들쳐업은 채 201호 우편함에 바싹 다가가면, 각종 체납 고지서들이 널려 있다

현수가 힘들게 계단을 오르자 얼룩진 벽엔 대부업 스티커가 어지럽게 붙어 있고 그 얼룩져 지저분한 벽엔, 뭔가 수학 공식처럼 보이는 문양들이 영 심상치 않다.

201호 앞에 선 현수가 조심스레 초인종을 누르자 먹통이다. 살며시 노크까지 해보는 현수지만 ....반응이 없다.

"저... 안에 계십니까?"

계속 조용하다. 현수가 일부러 호들갑스레 큰소리로 말한다.

"축하드립니다. 회심의 문제였던, 애독자 퀴즈에 당첨되셨습니다. 약속한 경품을 들고, 직접 찾아 왔습니다."

약간의 시간이 지나고 현수는 그냥 갈까? 갈등한다. 이대로 가기엔 문 옆에 놓아둔 냉장고가 걱정되지만, 계속 여기에 있기는 싫다. 시계도 한번 쳐다보고, 담배도 한 대 물어보고. 이거 조금 난감하다.

이 때 1층 현관쪽에서 인기척이 들리더니 시끄러운 소리로 번져간다. 그것은 사채로 보이는 건장하고 거친 3명이 우르르 올라오는 소리였고 현수는 잔뜩 겁먹은 얼굴이 된다. 사채 한 명이 현수에게 거친 시선을 잠시 주고는, 열쇠를 꺼내 201호를 열어

제낀다. 현수가 보기에 황당하기 짝이 없는 상황이지만 문을 열어제끼다가 그만 냉장고에 걸리자 현수는 바짝 쫄아서 급히 냉장고를 치워 준다.

"전기에, 가스에.. 죄다 끊긴 모양이구마이."

이렇게 201호 안으로 들이닥친 사채들 어깨 사이로 내부를 보던 현수가 잔뜩 놀라는 얼굴이 되고 만다. 차가운 마루바닥에, 은주가 이불 하나 덮고 죽은 듯 누워 있다. 무슨 집이 가재도구 하나 없고, 내부가 황량하기 그지없다. 무슨 용기가 났는지 어깨들을 밀며 은주에게 다가오는 현수가 무릎을 꿇고 걱정스레 바라본다.

"당신은 뭐여?"

"……"

"그거 기면증이여. 몰러?"

"….?..."

"멀쩡허다가 헷가닥 잠자삐는 거. 냉장고를 가져 온 것이 가족인가? 아니면 친척? 당신 이 여자와 어떤 관계여?"

"……"

"평범치도 못언 여자를 요따구로 방치하고, 당신 사람이여?"

"아니 저는 그저..경품을…."

"됐고... 연락처나 줘보쇼이."

잠시후, 사채들은 갔다. 물끄러미 잠든 은주를 보고 있던 현수가 내부를 둘러보면, 진짜 사람 사는 곳이 아니다. 어떻게 할까... 현수는 심히 망설인다.

천정을 보면 바둑판인지.. 좌표계 모양인지.. 어지럽게 보이고.. 은주가 뒤척이면서 이마에 팔을 올리자.... 손목을 그었던 자국이 선명하게 보인다.

이대로 은주를 두고 올 수 없었던 현수가 결국 은주를 들쳐 업고 조심조심 계단을 내려온다. 발을 내딛다가, 벽의 수학 문양에 눈길이 가자, 다시금 오싹하여 빠른 동작을 취하며 급히 내려온다.

카렌스 차 안엔 조금전까지 냉장고가 있던 뒷 좌석에 불편한 자세로 은주가 누워있다. 찾아 갈 때와는 사뭇 다르게 침묵하는 현수가 신호에 걸릴 때마다 힐끔힐끔 은주를 돌아본다. 분위기가 어색한 지 음악을 트는 현수. ASIA 의 감미로운 음악이 나오자, 잠자던 은주의 미간이 잠깐 실룩댄다.

지구대 앞에 현수의 차가 멈추고 현수는 은주를 연신 돌아보며 어찌할까 갈등한다. 하지만 은주는 외면하듯 돌아눕고 꼼짝않는다.

혹시나 걱정되어 온 병원 응급실 앞에서는 뒷 좌석의 은주를 꺼내보려 현수가 애써보지만 은주는 시위하듯이 안전벨트 줄을 붙잡고 꼼짝도 안한다. 한참 낑낑되던 현수가 아니 무슨 여자가... 하는 얼굴이 되어 가쁜 숨을 몰아 쉰다.

결국은 현수가 은주를 자신의 집으로 데리고 왔다. 자신의 침대에 은주를 눕히고, 은주는 시트의 푹신한 감촉이 너무 좋은지 앙증맞은 신음소리를 낸다. 이를 유심히 내려보던 현수가 은주의 얼굴에 가까이 다가와 호흡 소리에 가만히 귀를 기울여 본다. 병색이 감춰져 있는 듯 창백하게 보이지만...눈.. 코.. 입... 야윈 목과 가냘픈 어깨 선을 차례대로 음미하듯 뜯어보던 현수는 은근히 미인이란 생각이 들었는지 입꼬리가 살짝 올라가고 만다.

외출 하려는 듯, 신발을 신으면서도 발걸음이 잘 떨어지지 않는 현수는 계속 머뭇대면서 침대에 잠든 은주를 자꾸만 돌아본다.

은주가 걱정되지만 어쨌든 밥벌이를 해야 하는 현수는 어느 대형 서점에 왔다. 내부의 책장 어느 곳에 메쓰 퍼즐 잡지가 가득 채워져 있다. 하지만 현수가 이를 전부 치워 버리고는 새로운 주간의 메쓰 잡지로 가득 채워넣는다.

회수한 듯한 잡지를 한아름 들고 현수가 서점에서 나온다. 그러면서도 뭐가 좋은지 연신 콧노래를 부르며 차 트렁크를 열어 잡지들을 쏟아넣는다. 잘 안팔리는지 트렁크 안엔 회수된 잡지가 가득 차 있고 땀을 닦던 현수는 무언가를 찾는 듯 주위를 두리번댄다.

근처 꽃집을 찾은 현수의 표정은 흐뭇하다. 자신의 집에 숨겨 놓은 똑똑하고 예쁜 여자를 떠올리고 있자니 전에 없던 행복감까지 느껴진다. 안개꽃과 장미를 두루 섞어 능숙한 솜씨로 말던 여주인이 꽃다발을 건네자 현수는 코를 파묻고 향기에 취한다.

"고백 하시려나 봐요."

"아주머니. '아주 예쁘고 아름답다'.. 의 꽃말이 어떤거죠?

".....?..."

"라일락인가요?…. 아니다. 사루비안가?"

"둘 다 아니에요. '아름답다' 라는 의미를 가진 꽃은 아카시아지."

　연신 코를 파묻던 현수가 갑자기 눈을 동그랗게 뜬다.

"아, 맞다. 아카시아!!!"

　현수가 후다닥 자리를 뜨면서 급히 달린다. 허겁지겁 현수가 집으로 급발진해 온다. 카렌스가 과속으로 들어와 서고, 현수가 허둥지둥 빠져나온다. 차 안엔 차 키가 꽂힌 채로 덜렁거리고, 그 와중에도 현수는 꽃을 들고 옷 매무새를 만지는 데 정신이 없다.

　후다닥 문 앞에 다가서다가 현수가 멈칫하고 만다. 안에서 격한 음악 소리가 들려 오는게 뭔가 심상치 않은 나머지, 현수는 조심조심 비밀번호를 찍고 손잡이를 살짝 잡아당긴다.

　천천히 내부가 모습을 드러낸다. 더욱 커지는 음악 소리와 함께, 현수의 입도 점점 커지고 동시에 벌어진 입을 다물 수 없다..

　놀라운 풍경이 펼쳐져 있는 자신의 집 안. 깨끗했던 벽이 오만가지 낙서와 수학 공식으로 채워져 있고…바닥엔 빈 술병들이 나동그라져 있다. 햇반.. 고등어.. 파인애플 각종 인스턴트 깡통들이 굴러다니고..씽크대엔 음식과 식기들이 너저분하게 널리고…뽑혀진 해바라기 씨와 콘택 600의 알들이 어지럽게 흩어져 있다.

　여기에 쏟아져 나와 굴러 다니는 책들과 LP 판들. 턴 테이블엔 돌아가는 ASIA 판. 한마디로 난장판을 넘어 일대 아수라장이다.

　마침 판이 다 돌아가면서, 변기에 물 내리는 소리가 들리고 술취해 뭔가 개워낸 듯 한 은주가 부스스 나온다. 지금까지의 은주는 간데없고 처음으로 보는 이미지인데다가, 잔뜩 취해 두 눈은 풀려 있으며 여기에 헤벌레 거리면서 야릇한 미소로 윙크까지 한다.,

"정확히 칠십이시간 오십분을 굶었더니, 그만 배가 고파서..."

현수가 아연 실색, 들고 있던 꽃다발을 맥없이 떨어뜨리고 은주는 자기가 낙서한 벽을 바라보며 해괴하게 힐쭉 웃는다.

"아, 이거? ...그만, 종이가 모자르지 뭐야. 내가 그만 페르마 흉내를 냈네."

현수가 퍼득 그 아카시아가 머리에 스친 듯 냉장고를 열어제낀다. 그러나 뚜껑이 열려져 있고, 반 가까이 줄어든 듯 보이는 캡슐. 어이 상실한 현수가 캡슐을 손에 쥐고 망연자실 쳐다만 본다. 은주는 더욱 야릇해진 눈으로 이를 보면서 장난끼가 폭발하고 만다.

"도대체 그 건 무엇에 쓰는 거야? 냄새도 이상하고...맛도 시큼 찝질하고......그래서 뱉어 버릴려구 하다가..."

으으으.... 현수는 은주를 괴물 보듯 바라볼 수 밖에 없고, 이에 아랑곳 않고 은주는 다시 진하게 윙크하며 마무리한다.

"좋은 약인거 같아서 그냥 삼켰어."

현수가 으아~ 하면서 거칠게 은주의 손목을 잡고 현관으로 밀어 붙인다.

"당장 나가요. 나가!!"

순식간에 현관밖으로 은주는 밀려나 버리고, 현수는 쾅! 소리가 나도록 세게 문을 닫아 버린다. 그러나 조금 후.. 번호를 누르는 소리가 들리더니만, 은주가 문을 열고 의기양양 웃는다. 뜨악스런 현수가 다시 우악스럽게 닫아버리고는, 급히 비밀번호를 바꾸어 버린다.

그렇지만 잠시후....빠른 속도로 번호를 누르는 소리가 들리고 경우의 수를 마구 조합하고 있는 듯, 그 소리가 점점 격렬하게 커져간다. 행여나? ... 현수는 점점 섬뜩한 공포감이 엄습해오고 숫자 누르는 소리가 리듬을 타고, 거대한 드럼 소리처럼 변해갈 즈음...철커덕! 아귀맞는 소리가 섬찟하게 들리고 살며시 문이 열린다.

그렇게 열린 문에서 은주의 얼굴이 반쪽까지만 기괴하게 드러나던 순간... 기겁한 현수는, 안에서 손잡이를 꽉 붙잡고 사정없이 당긴다. 밖에서도 씨름하는 듯한 은주의 기척이 들리고 결국은 무력으로 천재를 제압하려 하는 범재의 동작이 처절하기 그지없다.

은주가 사라진 낌새가 느껴지고.. 현수가 현관 외시경으로 밖을 보자, 멀어져 가는 그녀가 보인다. 휴~ 비로서 한숨을 내쉬는 현수가 구토를 참는 표정으로 돌아서는데, 발끝에 툭! 하고 걸리는 무언가가 있어 섬찟하게 내려보면, 거기엔 정확히 맞추어진 216 면체 큐빅이 자랑스레 현수를 올려다 본다. 큐빅을 집어든 현수는 경이로움에 숨이 멎는다.

구세주 은주를 찾아서 현수는 밖으로 뛰쳐나올 수 밖에 없었고, 뒤에서 현관문이 쿵! 하고 닫힌다. 이를 의식하며 현수가 잠깐 뒤돌아 보는 사이, 부르릉 ~ 시동켜는 소리와 함께 움직이는 현수의 차가 벌써 저만치 내빼고 있다. 현수는 너무나 경악스런 얼굴이 되어 차를 쫓아 정신없이 달려간다.

한적한 길에 다다르자 은주가 모는 현수의 차가 위태롭게 갈 짓자 행보를 한다. 차 안에선 은주가 음악을 시끄럽게 틀어놓고 마냥 신이 났다. 뒤로는 택시 하나가 가까이 따라붙고 택시 조수석엔 현수가 사색이 되어 어쩔 줄을 몰라하지만, 택시 기사는 와중에도 상황이 재미있다는 듯 음흉한 미소를 띤다.

"차가 아주 난리 부르스를 추네. 혹시 아내가 바람이라도 난 거요?"

"놓치지나 마세요!"

"놓치기는.. 차가 영 티미하게 보이는데 뭐."

"저래 보여도 민감하단 말입니다."

앞선 은주의 차가 요동치다가, 가로수를 살짝 박고 지나간다.

"어떻게 좀 해 보세요!"

"날더러 어쩌라고!"

그러다가 은주가 모는 차가 요동이 잦아들더니 일자로 조용히 간다. 이를 이상히 보던 기사가 걱정 가득해져 외친다.

"얼레. 운전자가 잠든 모양이네. 큰일 났네."

"휴~ 그럼 이제 됐습니다."

"되긴 뭐가 돼? 잠든 거 같다니깐."

은주 차의 속도가 점점 줄어들고 있고 현수는 더욱 안도하는 얼굴이 된다,

"브레이크에서 발을 띠면 멈추는 찹니다."

"???"

진짜로 차가 스르르 멈춰 서고 은주는 차안 핸들에 머리를 묻고 잠들어 있다.

이렇게 한바탕 진통을 치르고 집 앞으로 차를 가져온 현수지만 집엔 들어가지 못한다. 현관 비밀번호를 잊어버린 것이다. 조수석에는 볼에 상처가 난 은주가 잠들어 있다. 이를 물끄러미 보던 현수가 상처를 어루만지려 하는데, 빌라 현관 앞에 주인집 소혜가 나와서는 밤공기를 마시며 기지개를 켜고 현수와 눈이 마주친다.

잠시후, 현수의 집 현관 번호키를 소혜가 열심히 누른다.

"자알~ 한다. 자기 집 비밀번호도 까먹구."

앞엔 은주를 들쳐 업고 서 있는 현수가 기어들어가는 말투로 보챈다.

"할 수 있겠어?"

"저 언니는 열었었다구? 어차피 시간싸움이지만..이거 승부욕이 발동하는 걸.... 가만있자....십에서 칠까지 팩토리알에...아찌가 연번호를 쓸 가능성을 빼고...중복 숫자도 빼고... 누구나 싫어하는 4자를 빼고..."

소혜마저 감탄스러운 현수는 더욱 열등감을 느끼는 얼굴이 된다. 번호를 넣으며 열심히 임하던 소혜가 갑자기 문득 멈추고는 현수와 은주를 의심스레 바라본다.

"근데 진짜 친척 동생 사이 맞아? 아찌네는 친척 이성끼리 옷도 바꿔 입어?"

그러고보니 은주의 바지가 현수 추리닝이다. 현수는 그저 궁색하게 고개만 끄덕이며 딴청을 핀다.

시간이 한참 걸렸지만 결국 집안으로 들어오는 것엔 성공했다. 현수가 은주를 눕히면서 엉망인 집 안을 보며 어디부터 치워야할까 망설이고 있는데, 책상에 놓여진 메스 퍼즐 잡지들이 비로서 그의 눈에 띤다. 잡지를 좌르르~ 넘겨보자, 죄다 풀려진 문제와 정확히 쓰여진 정답들이 보인다. 역시나 하며...감탄스레 은주를 바라보던 현수가 이제는 잡지 뒤에 종이 뭉치가 있는 걸 발견한다.

거기엔 은주가 새롭게 만든 듯한 수학 문제들이 수기로 그리고 써져 있고, 많은 양의 다양한 문제들이 위풍당당 위용을 드러내고 있다. 너무나 감격한 나머지 희열에 가득 차 이를 바라보던 현수가, 상비약 꾸러미를 꺼내 은주 볼에 난 상처를 정성껏 어루만진다.

5. 범재가 천재의 덕을 톡톡히 보다.

정민의 집으로 현수가 들이닥치고 정확히 맞춰진 216면체 큐빅과 은주가 만든 문제를 던지듯이 내민다.

"어서 재성 그 인간한테 전해! 그리고 문제를 이렇게 잘 좀 만들어 봐! 바보같은 수재들아."

정민이 큐빅과 문제를 번갈아보다가 의아한 표정을 지으면, 현수가 만면에 흡족한 표정을 짓고 의기양양하게 외친다.

"이게, 바로 나 천재 류현수의 정체다!"

메쓰 사무실에선 재성이 맞춰져 있는 큐빅을 의구심 가득하여 보고 있다. 실은 은주가 만든 현수의 문제도 펼쳐보면서, 갸우뚱하는 그의 곁에 서하와 태이역시 도저히 믿을 수 없다는 얼굴을 들이민다.

인쇄소에선 좌르륵~ 좌르륵~ 기분 좋은 소리로 퍼즐 잡지들이 새로 인쇄되고 있다. 한 켠에는 제본된 잡지들이 한가득 쌓인다.

편의점 간이 책장과 서점의 책장, 그리고 대형 서점의 코너에도 차례대로 빈 공간에 메쓰 퍼즐 잡지가 채워지고 다른 책들을 밀어내면서 점점 점유 공간을 늘린다.

길거리의 가판대 들에도 신문이 뽑혀지고 그 자리에 메쓰 잡지들이 꽂히며 많은 사람들이 돈을 내밀며 몰려든다.

쾌적한 의상실 거울앞에 선 은주가 설렌 표정으로 이 옷 저 옷 코디 하고 있고, 현수가 이를 은밀하고 만족스런 표정으로 본다. 말끔하게 차려입은 은주는 더 없이 예쁘게 변했고 둘은 한마디로 신바람이 났다.

볼링장에서 스트라이크로 시원스레 핀 들이 넘어진다. 던지던 자세 그대로 우뚝 선 은주가 어깨를 으쓱해 보이고 옆에선 현수가 살살 박수를 친다. 은주가 현수를 보면서 의미심장하게 말한다.

"볼링은 피타고라스! 삼각수! 수학 문제라는 것은 제대로 팔리게 만들어야지!"

"그럼, 그렇지, 바로 그거야!"

당구장에서 현수가 힘껏 큐대를 휘두르자 포켓볼의 삼각 대형이 보기좋게 흩어지고 은주의 눈에는 이것이 기하 도형의 유려한 움직임으로 보인다.

"역시, 삼각수!"

은주가 돌아서서 걸으며 혼자 중얼거리며 내뱉는다.

"피타고라스 학파는 삼각수를 정리했지. 하지만! 오로지 자연수만 인정하고 다른 '수'를 무시했던, 못된 놈들이기도 했어."

현수는 은주를 보며 재성에게 굴욕당한 순간이 떠올라 표정이 벅차오르고 은주는 계속해서 일갈한다.

"음수나 무리수를 '수'라고 주장했던 히파수스를 물에 빠트려 죽일만큼 피타고라스 학파는 아주 잔인한 놈들이었어."

쇼핑하고 볼링치고 당구치며 하루를 신나게 보낸 둘은 식당에 앉아 식사를 기다린다. 은주의 시선이 가격표가 붙어 있는 벽의 메뉴판에 고정되어 있고, 앞에는 현수가 열심히 휴대폰으로 이것 저것 누르고 있다.

"삼십 팔만 육천 오백!"

"???"

"곱하고 있는 거 아니었어? .. 맞지?"

"아니. 답은 삼십팔 점 육육 파이."

"???"

"곱하고.. 제곱근을 구한 다음에.. 무리수를 극한으로 보내 봤어."

다른 세계 사람인 듯한 은주의 면모에 현수는 말문이 막히고 이를 지켜보던 종업원 역시 넋이 빠진다. 은주가 모든 것을 끝낸 듯 자리에서 일어서며 나가려고 하자 현수가 이를 황당히 본다.

"왜? 어디 가려고?"

"??... 우리 안 나가?"

"밥이 아직 나오지도 않았는데..."

"우리 먹지 않았나?"

그러다 아차! 싶은 얼굴로 은주가 자리에 앉아 눈을 굴리며 딴 청을 치면, 이 모습 은근히 사랑스럽다. 한자리에 있는 범재와 천재는 이렇게 제법 통한다. 극과 극은 통한다고 했던가?

메쓰 사무실에선 난리가 났다. 문제를 받아들면서 재성은 여전히 믿지 못하겠다는 얼굴이며 정민 역시 의구심 가득한 표정을 짓고 있다. 서하와 태이는 은주가 만든 최상급 난이도의 문제를 풀어보려 애쓰지만 역부족이다. .

이런 수재들의 의심 따위가 관심 밖인 둘은 밤에 바다가 보이는 칵테일 바를 찾았다. 창밖의 야경이 분위기 만점인 곳인데다 은은한 클래식이 흐른다. 은주와 현수는 우아한 복장으로 앉아 칵테일을 기울인다.

   흐르는 음악에 취해있던 은주가 뭔가 생각 난 듯, 파르페에 꽂힌 앵두를 살며시 뽑아 현수의 입속에 넣어주고, 현수는 이를 천천히 씹으며 오물거린다. 은근히 로맨틱한게, 둘 사이 이렇게 가까워졌나?.. 싶은데, 앵두를 삼킨 현수가 도무지 모르겠다는 얼굴을 한다.

"잘 모르겠는데..."

"색깔이 안보여?"

"맛은 좋아.. 근데, 색깔은 무슨..."

"이 땅의 교육은.. 한결같이 엉망이었구나."

"에이. 앵두 맛을 색깔로 표현하라는 게 무리지."

   은주가 현수에게 입맞춤하듯이 바짝 얼굴을 들이밀고 현수는 문득 주춤하고 있는데 은주가 갑자기 현수의 볼따구니를 세게 꼬집는다.

"아! ~ 무슨 짓이야!"

"이건 어때? 맛이...."

"맛?... 무슨 놈의 맛. ...그래.. 아주 맵다. 매워 "

   은주의 기상천외함은 계속 이어진다.

"그렇다면... 지금 나오는 음악 소리를..."

   은주가 현수의 눈 앞까지 바짝 다가온다.

"그림으로 한번 그려 봐."

"뭐? 음악 소리를 그려보라구? 그거 대체 어느 나라 교육이야."

"그려봐 . 빨리."

　은주의 보챔이 싫지 않은지 현수가 멀뚱히 있다가는 흐르는 음악을 잠시 음미하며 눈을 감는다.

　이윽고 종이에 무지개가 그려졌다. 현수는 지치고 못견디겠다는 듯이 투정한다.

"더 이상은 몰라! 못해!"

　은주가 곰곰이 무지개가 그려진 종이를 뜯어본다.

"오빠가 결코 바보는 아닌 거 같아."

　기가 막힌 현수가 은주 너까지... 하는 표정으로 보다가는 하찮은 일에 진지한 은주와 모종의 동질감을 느낀 듯이 조금은 염려스레 묻는다.

"은주야."

"??"

"난 너에 대해 아는 게 아무 것도 없어."

"......"

"갑자기 날아온 외계인같기도 하고..."

"......"

"시간이 지나면 모든 게 들통날거고.. 조금만 너에 대해 말해줄 수 없어?"

　그러나 은주의 얼굴이 다소 굳는다.

"그래.... 말하기 싫으면 하지마. 지금도... 많이 고마우니까..."

그러면서 칵테일만 쪽쪽 빠는 현수와 이를 가만히 보는 은주의 얼굴에서 아직은 아무 것도 읽을 수 없다.

집으로 돌아온 둘은 이 날도 비슷한 동거의 모습을 이어간다. 은주는 수학 문제를 만드는데 열중하고 현수는 옆에서 이런 저런 수발을 드는 식이다.

광채가 도는 눈을 하여 은주가 신들린 듯한 손놀림으로 펜을 휘두르는 날이면, 종이에 도형과 기하.... Σ ∞ $\leq$ $=$ $\div$ $\therefore$.. 포물선이 심히 어지럽게 섞인다. 은주가 이런 무아지경에 도달할 땐 이를 지켜보던 현수가 방해하지 않으려는 듯 저만치 물러나곤 한다.

그러나 이 날은 여느 때와 조금 달랐다. 뭔가 기억에서 지우려는 듯, 은주의 눈은 삼매경에 빠진 듯 하면서도 괴로워 보인다. 문제를 만들다가 지친 듯, 은주가 책상머리에 엎드렸고 현수는 이런 은주를 안아 침대에 눕힌 후 정성껏 이불을 덮어주었다. 그렇지만 피곤한 얼굴로 계속 미간을 찌푸리던 은주가 악몽을 꾸고 있는 듯 인상이 구겨져 간다.

은주의 꿈 속인 것 같다. 기억의 조각들처럼 은주의 과거가 지나간다. 그것은 어느 교실 수업시간이고 교복 입은 여고생들 대부분이 딴청이거나 엎드려 잔다. 맨 앞줄에 다소 헐렁한 교복 차림의 꼬마 여아가 앉아 있고, 앞엔 여선생이 수학수업 중이지만 선생의 수업은 염불 외듯 지루하게 이어지고 있다.

한심한 눈길로 선생을 노려보는 꼬마 (6세 은주) 의 인상은 매우 다부지고 건방지며 선생의 눈길이 은주와 마주치자 선생은 두려운 듯 피해 버린다.

교무실인 듯한 곳에서는 안경 쓴 남 선생과 구렛나루를 기른 남자가 언성을 높이고 있다.

"올림피아드는 나이 제한이 있습니다."

"나이 제한?"

"그.. 그것보단 은주가 너무 어려요."

"영재 기관 입학을 막은 건 당신들이야. 그러고도 당신들 사람 가르치는 선생이야?"

"아시지 않습니까?! 영재 기관은 맨입으로 어서옵쇼 합니까?"

"이제야, 본색이 나오는구만. 더러운 인간들.."

"....!..? !! "

"이딴 빌어먹을 학교 다니게 해 줬더니 뭐가 어째? 맨 날 떡 영화만 찍는다고 사람 우습게 봐?"

"그만 두세요. 우린 뭐 좋은 줄 압니까?"

"이 놈의 학교. 은주가 있을 곳이 아니야. 당장 대학에 보내겠어."

"마음대로 하세요"

이 때 선생 뒤 교무실 창밖으로 사람이 쿵! 하고 떨어진다. 악~ 단발마 비명에, 일제히 창쪽으로 선생들이 달려간다.

은주의 교실에선 여고생들이 창 쪽으로 몰려가서 경악스레 밑을 내려보며 비명을 내지른다. 책상에 앉아 흔들리는 눈으로 몸서리 치고 있는 6세 은주의 다리를 타고 오줌발이 흘러내리고 여고생들 일부는 눈물이 고여 은주를 둘러싼다.

"너.. 넌 악마야."

"우리 학교에서 당장 꺼져"

6세 은주는 머리를 감싸 쥐고 눈이 뒤집히며 격렬하게 떤다.

꿈 밖으로 나오면, 불이 꺼진 침대에서 은주가 악몽을 꾼 듯 몸을 뒤척인다. 그러자 은주 옆에서 뭔 짓을 하고 있었는지, 현수가 몸을 감추며 숨죽인다. 그러다가 이내 무슨 꿍꿍이가 있는지, 그가 은주의 거동을 살피며 바싹 다가와 이불을 살며시 들추면 숏팬츠를 입은 은주의 매끈한 다리가 달빛에 반사된다.

지금껏 무슨 수작을 부리려는 듯, 허연 이를 드러내던 현수지만, 표정이 서서히 굳어간다. 은주의 다리가 오른쪽이 왼쪽에 비해 조금 짧아 보인다. 마침 바깥에 차가 조용히 지나가면서, 헤트라이트 불빛에 다리가 선명히 보였다가 사라지면, 순간적으로 다리의 상처와 꿰맨 자국들이 지나간다. 이를 보고 꿍꿍이 표정이 완전히 사라진 현수가 염려스레 이불을 덮어주고는 복잡한 얼굴이 되어 바닥에 눕는다.

아침이 되었다. 씽크대의 가스레인지엔 신문지 다량이 불려지고 있고 은주는 잠옷 차림으로 바닥에 앉아 명상에 잠겨있다. 은주의 눈치를 살피던 현수가 푸짐하게 차려진 아침상을 들고 와 내려 놓고, 냄새를 맡던 은주가 눈을 뜨고는 허겁지겁 먹기 시작한다. 간 밤의 수작 때문인지 조금은 미안하게 은주를 보던 현수가 입을 연다.

"그동안 굶고 지냈어?"

"난, 말야 생각이 없으면 식욕도 없어."

"혹시 은주야. 다리가 좀 불편하니?"

순간 은주가 볼록해진 볼로 동작을 멈춘다. 잠시 후 새로 산 듯한 은주의 운동화에 현수가 신문지를 불려 만든 두꺼운 깔창을 넣어주면서, 오른발에 살며시 신겨주면, 은주가 일어서서 주춤주춤 걸어 본다.

" 아하~ 이러면 되는구나. 오빠, 천잰데."

진짜로 신이 난 은주지만 현수는 계속 염려스럽다.

6. 배후의 인물

메쓰 퍼즐 사무실에서 테이블 한 가운데 놓인 은주의 문제를 태이와 서하가 끙끙대며 풀고 있다. 태이는 고개를 이리뒹굴 저리뒹굴 돌리고 있고, 서하는 어려운 듯 그저 펜대만 톡톡 거린다. 이를 관찰하듯이 재성과 정민이 지켜보고 투정스런 대화들이 오간다.

"배후에 누군가가 숨어 있는게 확실하다."

"같은 생각입니다. 평소의 현수라면 이건 말도 안되는 거죠."

"이 인간, 머리에 총 맞아서 진짜 천재된 거 아냐?"

"우리 모두가 보는 데서 풀어 보라고 하자구요."

현관에서 출입 문제를 푸는 소리가 들려온다. 메쓰 인원들은 누군지 직감한 듯 우르르 문앞으로 간다. 서하가 신경질적으로 문을 열어버리고 바깥에는 새로운 문제 꾸러미를 든 현수가, 답을 입력하다 말고는 멀뚱히 쳐다본다.

"막 3번 문제 정답을 넣는 중이었는데..."

이런 너스레의 현수를 보는 인원들의 시선엔 의심만이 가득하다.

이 시각 현수의 집에는 은주 혼자 있다. 홀로 책상에 앉아 컴퓨터를 하던 은주가 시시하고 지루해진 듯, 주위를 둘러 보다 기

지개를 켜고 있는데, 책장 위에 살짝 삐져나온 경마 예상지가 눈
에 들어온다. 호기심이 생겨서 까치발을 하고는 예상지를 꺼내
넘겨보면, 처음으로 대하는 신기한 세계를 보듯 그녀의 눈이 반
짝인다. 펜을 들고 집중해 보면서 여기저기 표기를 하고 있는데,
어디선가 꿍꽝거리는 음악 소리가 들려오기 시작하더니 여러 악
기들이 섞여 나름 화음을 이루며 커져간다.

　한편 의심 가득한 수재 무리들과 한바탕 하고 나왔는지 매쓰
퍼즐 빌딩 주차장 차엔 현수와 정민이 심각히 앉아 있다. 현수는
잔뜩 골이 나 있고 정민은 옆에서 어르고 달랜다.
"그러니까 나한테만 살짝 말해."
"이건 친구란 놈이 저것들과 하나 다를 게 없어. 다 관둬. 임마!"
"니가 한 거 아니잖아. 왜 모두가 보는 데선 못하는 건데..."
"전부 집어쳐. 누구 덕에 잡지 판매가 늘었는데...　뭐?, 배후를
공개해야 월급 더 준다구? 내 정말 드럽고 치사해서.."
　정민은 빙긋이 웃기만 하고 연신 식식대는 현수는 모종의 결
심 가득한 표정을 짓는다.
"나 여기 관둬 버릴꺼야. 그냥 우리 둘이 만들면 되지 뭐."
"우리 둘?"
　아차 싶은 현수지만 모면하려 둘러대듯이 정민을 차 밖으로
밀어낸다.
"내려 임마. 너 혼자 가."
"뭐? 이거 아주 이큐도 글러먹었네. 똥 차 가지고 유세는..."

현수가 호되게 미는 통해 정민이 차 밖으로 쫓겨나고, 미처 내리기도 전에 차가 튀어 나간다.

한편 현수가 사는 빌라의 지하 공간에선 소혜가 기타를 연주하며 노래하고 있고 주위엔 친구들로 보이는 또래 남녀가 베이스와 키보드를 잡고 있다. 앞에서 이들을 지휘하며 풍선껌을 크게 불던 또래 학생 하나가 풍선을 터트리며 못마땅한 얼굴로 드럼 쪽을 본다

"그만! 스탑!"

그들의 연주가 일제히 멈춘다.

"언니! 드럼 템포가 너무 빠르잖아요."

의외로 드럼을 치고 있는 이는 은주였고 드럼 채를 팅기며 퉁명스레 반응한다.

"니들이 지금 나를 못따라 오는 거야."

"드럼이 박자를 보조 해야지요. 어느 밴드가 그런식으로 해요?"

"너희들 '에이시아' 라고 들어봤어?"

" ..? ! ?... "

"수십년 전 밴든데 키보드 드럼 기타 베이스의 천재들만 만났어. 어릴 때 나의 유일한 즐거움이었어."

그러나 여기저기서 반박 소리가 뒤섞인다.

"무슨... 네 명 전부 천재인 밴드가 어딨어요?"

"근데 수십 년 전이요? 지금 누나 나이가 몇인데?"

은주가 아무런 말없이, 인원 모두를 골고루 보며 잔잔한 눈길

을 준다.

"너희들 전부 공부 잘한다고 했지?"

"....! !....."

"음악이 곧 수학이고 수학이 음악 같다는 생각, 혹시 안해봤니?"

은주의 말이 묘하게 여운을 주는지 모두의 동작들이 잠시 멈춰서 있는데, 문이 열리며 정민이 들어오고 소혜가 제일 먼저 반긴다.

"어? 정민 오빠."

"역시 내가 똥차보다 빨리 왔구나."

"내가 말했던 오빠야.. 멘사 회원. 아이큐 백오십！"

오호! 일동들의 감탄스런 반응이 나오고 정민의 시선은 은주에게 고정된다.

"근데 저기 저 분은 누구신가?"

은주는 이런 정민을 조금 경계하고, 정민은 자세히 관찰하듯 뚫어져라 본다.

"늦깍이 고등학생은 아닌 거 같고..."

소혜가 옆에서 거든다.

"현수 아찌 친척 언닌데 모르세요?"

정민이 은주와 눈을 맞춘 채 웃음을 머금고는 천천히 다가간다.

"현수의 친척?"

계속 경계하는 눈빛의 은주와 정민 사이에 은근한 긴장감이 감돌고, 정민은 마치 취조하듯이 유도심문 하려든다.

"메쓰 퍼즐 매거진이라고 아시죠?"

"....!!....."

"성함이 이은주씨 아닙니까?"

은주는 이런 정민의 태도가 심히 못마땅하고 불편하여 시선을 피해 버리고, 정민은 뭔가 간파했다는 얼굴로 서서히 뒷걸음질친다. 소혜는 나가려 하는 듯 한 정민을 보더니 멈춰 세운다.

"오빠. 나 지금 오빠한테 수학 물어볼 거 있는데...."

"저 이쁜 언니한테 물어 봐라."

"....!!!....."

"어쩌면.. 천재일지도 모르니깐..."

일동들의 시선이 은주에게 다시 모아지고 특히 소혜는 그 날 번호키 비밀번호 사건이 떠올라 야릇한 미소를 짓는다.

그 날 밤이다, 현수의 집에선 은주와 소혜가 서로 머리채까지 붙잡고 격렬하게 싸우고 있다.

"나 과학고 다니는 우등생이야. 근데 뭐 지진아? 내가 현수 아찐 줄 알아?"

은주도 지기 싫은지 더욱 힘을 주며 소혜의 머리를 잡아당긴다.

"아 ~~ 이거 안놔."

"너 왜 그렇게 못 알아 처먹어? 쉬워 터진 문제를"

이 때 거칠게 문을 열고 들어오던 현수가 이 광경을 보더니 입이 벌어지고 만다.

"이게 무슨 짓들이야!!"

현수가 씨름하고 있는 둘을 겨우겨우 떼어 놓으면, 머리가 잔뜩 헝크어진 소혜가 잔뜩 약이 올라 소리친다.

"천재 좋아하시네. 가르쳐줄거면, 제대로 해야 될 거 아냐!!"

"너, 진짜 머리 속에 안 보여? 푸는 과정이 머리 속에 안 보이냐구?!!"

"수학이 미술이니? 눈에 보이게!!"

"도대체 뭔 일인데 그래?"

"글쎄 정민 오빠가 천재라고 하길래 모르는 수학 문제 좀 물어봤더니 헛소리만 늘어놓고 있잖아!!"

현수가 뭔가 들통났다는 표정으로 놀란다.

"정민이가 왔었다구?"

역시 헝클어진 은주는 둘을 외면하듯 돌아서더니 책상위에 잡지 문제들을 망연히 바라보는 데, 자신이 만든 문제들이 기괴하게 보이면서 눈동자가 흔들리고, 그저 서운하고 서글퍼진 은주는 둘을 보면서 울먹이듯 뇌까린다.

"진짜 궁금해서 묻는 건데..."

".....??...."

"숫자가 머리 속에서 보이고 들리지 않아? ..마치 그림처럼 음악처럼..."

현수도 너무나 어이없고, 영재 소혜도 도저히 참을 수 없는 지경이 된다.

"저것 좀 봐. 미친 거 아니야. 수학하고 음악이 어찌 같아 이 바보야."

은주가 마치 실성한 듯이 악에 받혀 소혜에게 달려들고, 현수는 간신히 막아서며 둘을 떼어 놓으려 애쓰지만 은주의 눈은 핏발까지 서고 이제는 무서워진 소혜가 움찔하여 눈을 감는다.

　　폭발할 듯한 은주가 돌아서서 책상으로 가더니 자신의 문제들을 노려보다가 이를 들고 북북~ 사정없이 찢어발기고, 이에 놀란 현수가 급히 말려보려 한다.

"뭐하는 거야!! 잠 못자고 고생해서 만든 문젤 왜 찢어!! "

　　은주의 거친 동작을 잡아챈 현수가 심히 못마땅하여 항변한다..

"나같은 사람은, 평생을 해도 못 만드는 문제야..."

"........"

"근데 왜 찢어 !!"

　　은주의 눈빛이 잠시 흔들리지만 속내와 다르게 튀어나온다.

"고생 같은 거 안했어. 나한텐 식은 죽 먹기야."

"...??!!....."

" 너 같이 멍청한 둔재한테는 이것만이 탐나지? "

" ....???!!!..."

" 그렇잖아. 니가 평생해도 못하는 거... 내가 매일 해다 바치니까.."

　　안면이 잠시 실룩대며 뭔가 올라오던 현수가 참지 못하고 은주의 면상에 따귀를 때려버린다. 바닥에 주저앉고만 은주는 현수를 쏘아보고, 소혜는 이를 지켜보며 어쩔 줄 몰라하며, 현수 역시 자기가 때리고는 안절부절 못하지만 할 말 하겠다는 의지를 보인다.

" 나도 궁금해서 묻는 건데... 너, 태어나서 지금껏 고맙다 는 말 한마디 해본 적 있어? "

그러나 은주는 경멸에 가득 차서 부스스 일어선다.

"나... 태어나서 지금껏 아빠한테도 맞은 적 없었어.... 선생들한텐 말할 것도 없고..."

"세상 사람들이...다 너 같은 줄 알아? 너 같이 유난 떠는 줄 아 냐고!!"

현수의 말에 말문이 막힌 듯이, 은주는 가볍게 몸을 떤다. 소혜 가 슬그머니 나가고 있는지 문이 닫히고 은주와 현수는 잠시 그 상태 그대로 침묵이 흐른다.

"나....갈게."

뜻밖의 은주의 소리에 멈칫하는 현수지만, 이내 가다듬는다.

"그래. 마음대로 해."

".........."

"마음대로 하라구!!"

"가기전에 부탁 하나만 좀 할게..."

현수가 어서 말하라는 듯, 은주를 응시한다.

"그 내가 있던 가판대..."

"....??...."

" 내 물건 좀 가져다 줘. "

날이 밝고 은주가 살던 아파트엔 정민이 배회하고 있다. 흡사 탐정마냥 가득 쌓인 201호 우편함을 살피면서 여기저기 두리번거리고 있는데, 2층에선 계단을 타고 그 때의 사채 무리들이 내려온다. 무리들이 정민을 힐끔 보지만 그냥 지나치며 더욱 감을 잡게 된 정민은 이들의 뒷 모습을 가만히 본다.

천천히 계단을 올라가는 정민이 벽의 수학같은 문양을 본다. 현수와 달리 수재 정민의 눈에는, 기하 도형이 얽혀 움직이는 것처럼 보인다. 2층에 올라온 정민이 그대로 놓여진 냉장고 박스에 눈길을 한 번 주고는 201호 앞에 선다.

비슷한 시각 은주가 있던 가판대에선 우려했던 일이 생기고 만다. 현수가 그 사채 무리들에게 사정없이 얻어맞고 있고 가판대에 머리를 박으며 나동그라지면서도 항변한다.

"친척이라고 내 입으로 그랬습니까?"

"여자 빼돌리고...잠적하고... 친척 아니면 뭐여?"

"난 그냥 아무 상관없는..."

사채 하나가 사납게 손을 치켜들자 현수가 움찔 입을 다문다.

"메쓰 퍼즐인지 나발인지 죄다 아니께, 싸게 싸게 해결보지?"

"제... 제가요?"

"아니면, 강제로 벗겨뿔고 그거 뽑아버리는 수가 있어."

"...???...."

"아니면 몸값이라 생각하고 돈 지불햐"

"...??!!...."

잠시후 모두 가고 텅빈 가판대에 현수가 부은 얼굴로 앉아 있다. 손에는 은주의 어린 시절 아버지와 환히 웃고있는 사진 액자가 들려 있고, 가판대 밑을 더 뒤지자 그 옛날 ASIA의 카세트

테입과 은주가 6살에 쓰던 녹슨 왕관이 나온다. 그리고 또 하나가 발견된다. '1급 정신 장애인 확인서'

　같은 시각 은주가 살던 아파트에 들어선 정민이 구두를 신은 채 은주가 있던 방을 돌아다니며, 널려진 이부자리, 천장의 이상스런 좌표계. 황량한 공간을 지켜보며 추리하는 형사마냥 확신에 가득찬 얼굴을 하고 있는데 전화가 울린다. 정민은 예감했다는 듯 여유롭게 받는다.

"그래. 나다."

"너, 내 배후가 누군지 알고 싶다고 했지?"

"누군데..."

"대신 조건이 있어. 임마"

"그래? 나 역시 조건이 있다."

　하루가 저물고 어제만큼 피곤했던 오늘을 보낸 현수가 잔뜩 부운 얼굴로 시무룩해져 집으로 들어온다. 이미 화해한 듯 책상에 나란히 앉아서 책을 보고 있던 은주와 소혜가 동시에 돌아보면, 현수가 아물지 않은 웃긴 얼굴을 해서는 멍하니 서 있다. 소혜가 키득키득 웃기 시작하자, 은주도 쿡! 웃고 만다.

7. 스타 탄생

메쓰 사무실 내부에 걸린 커다란 벽걸이 TV 화면에 뉴스가 흘러나오고 있다.

"금일 치러지고 있는 수학능력시험에서 수리 2영역 문제가 상당히 어려웠던 걸로 전해지고 있습니다. 일선 교사들의 이야기로는 사상 초유의 점수 하락이 예상된다고 말하며, 특히 교과 과정에 없는 금시초문의 문항들이 상당수 출제되어..."

사무실엔 재성, 서하, 태이가 죄다 전화통을 붙잡고 분주하다.

"글쎄요. 그건 저희가 해 본 적이 없어서... 더구나 생방송으로.....말하자면 할 수는 있는데 지금 시간이 턱없이 부족 합니다."

"우리도 알아요. 하지만 저희가 천잽니까? 문제를 보자마자 풀이 진행을 하게? 세상 누구도 그렇게는 못해요. 그런 사람 있으면 당장 해보라고 하세요"

"뭐라고? 풀이 진행 하기로 한 교수까지 도망쳤다고... ? ..... 아냐. 아냐... 그렇다고 섣불리 했다간 개망신당하는 수가 있어. 그럼 메쓰도 치명타가 된다고.........!!...뭐? .....현수의 배후?"

그 순간 현수의 집엔 세 사람이 한자리에 모여 있다.. 천재, 범재, 수재.

은주와 현수 그리고 정민이 똑같이 책상 다리를 하며 다소 비장하게 앉아 있으며, 아직도 자신을 경계하는 듯한 은주에게 정민이 한결 부드러워진 어조로 건넨다.

"등잔 밑이 어두웠군요. 우리 구면이죠?"

은주는 살짝 현수의 눈치를 보며 쑥스러운데, 정민이 벌떡 일어서면서 재촉한다.

"오늘 저녁, 은주씨가 할 일이 있습니다."

"......??..."

"은주씨 모시느라 큰 돈 든 거 알죠? 시간이 없습니다. 우선 코디부터 하죠."

은주가 정숙한 정장으로 빼 입고 변신하여 차 뒷 좌석에 앉아 설레임 가득한 얼굴을 한다. 아직도 영문을 잘 모르는 현수가 시큰둥 운전대를 잡고, 정민은 룸미러로 은주를 만족스럽게 본다.

"저렇게 간지가 나는데...자식이..그동안 관리를 어떻게 한거야."

"근데 은주한테 뭘 시킬라고 하는 거야?"

"가보면 안다."

방송국 로비에 세 명이 입장한다. 조금 처진 은주가 오랜만에 보는 방송국 풍경인 듯, 신기하게 두리번댄다. 앞서 걷는 현수가 안절부절못하며 정민을 본다.

"그냥 니가 하면 안돼?"

"은주씨의 시험 무대야. 재성이 형도 동의한거고.."

"하여간 수재라는 놈들이 은주를 이용만 하려들고..."

현수가 힐끔 상기되어 있는 은주를 돌아보지만 조금 걱정스럽다.

"또, 정답이 음악처럼 들리네 안들리네 하면 어쩌지...."

"뭐가?"

"아, 아니야."

스튜디오 내부로 들어선 은주와 현수가 앉아서 대기하고 본 방송 PD가 정민에게 다가와 저만치의 둘을 곁눈질 한다.

"둘 중에 누구야?"

"네?"

"남자야? 여자야? 누가 하는거냐구?"

"형 눈엔, 남자라고 생각이 되십니까?"

"그럼 여자라고? 저렇게 어린데..."

"지켜보시면 압니다."

"이거 생방송이야. 나만 옷 벗지 않는다."

은주가 시험 문제지를 펼쳐 넘기며 뚫어져라 바라보고 있으면, 여러 기하 도형과 포물선.. 그리고 숫자들이 그녀의 눈에 율동하듯이 춤을 추고, 현수는 삼매경에 빠진 은주에게 다가와 혹시나 하는 얼굴로 뭔가를 내민다..

"이거 문제 풀이 해설과 답안지레."

그러나 은주는 문제지에 시선을 고정하고 가만히 손사래를 친다. 조금 후 정민이 다가오고, 언뜻 은주가 올려다보면 정민은 의미심장하게 말한다.

"은주씨! 머릿속에 들리고 보이는 것을 말로 설명해야 합니다."

이럴 땐 수재와 천재가 뭔가 통하는 게 있는 것 같고 현수는 뭐가 뭔지 도통 알 수가 없다.

　이윽고 박력있는 오프닝 음악과 함께 사회자의 멘트가 시작된다.

"네, 여러분 안녕하십니까? 지금부터 금일 치러진 수리영역2 문제 풀이 진행 방송을 시작하겠습니다."

　화이트 보드 칠판 앞에 선 은주가 파인더에 잡힌다. PD와 현수는 마른 침을 삼키며 바라보고 정민은 뭔가 믿는 듯 느긋하다.

"단국 개국 이래로 가장 어렵게 출제되었다는 이번 수능 시험의 수리영역 문제 풀이 진행을 맡은 이은주씨 나오셨습니다."

　은주가 그저 멍하니 서 있으니 PD와 현수가 인사하라고 별 짓을 다 한다. 그제서야 은주는 엉거주춤 고개를 숙이고 사회자는 자기 앞에 놓인 서류를 연신 뒤적거린다.

"진행을 맡으신 이은주씨의 약력을 소개해 드리자면...소개해 드리자면...음...　네에, 그저.. 대단하다고 합니다."

　PD가 절망하고 현수 역시 초조해 죽을 지경이다. 그래도 물은 엎질러졌고 은주의 문제 풀이 진행은 시작된다.

"1번 문항의 정답은....5번입니다."

　스튜디오 내부가 쥐 죽은 듯 썰렁하다.

"2번 문항의 정답은 3번이고요."

　내부가 노심초사.. 안절부절.. 술렁거릴 즈음에.... 은주가 활짝 밝아지면서 높아진 성량과 경쾌한 음성을 뱉어내기 시작한다.

"그럼, 지금부터 본격적인 풀이를 진행하겠습니다."

　이제 비로서 불안했던 술렁임이 잦아들고, 물 흐르듯 자연스럽게 은주의 문제 풀이가 진행된다.

"이산확률 변수 X의 확률 질량 함수가...그리고 공차가 영이 아닌 등차수열... 이 문제는 케플러의 정리와 파스칼의 정리를 함께 적용합니다. 간단하죠?"

"원점부터의 거리가 루트 3이고 ..반지름의 길이가 일인 두 원판.. 착출법으로 올려 세운 다음 극한으로 보내면 끝입니다. 시시하죠?"

"표준편차가 십분인 정규 분포.... 최고 차항의 계수가 일이고.. 이것은 이차 방정식의 근의 공식을 이용하여, 무리방정식과 혼합합니다. 별거 아니죠?"

내부의 표정들이 감탄스럽게 변해간다. 현수는 희열에 차기 시작하고 PD는 월척 낚은 얼굴이 되고 정민은 예상했다는 듯 흡족한 미소로 본다.

은주의 풀이는 신들린 손놀림으로 칠판에 펜을 휘날리며 계속된다.

"이 문제는 출제자의 속내가 의심스럽지만, 그래도 답은 구할 수 있습니다. 하지만 만약에 유클리드가 본다면 기가 차겠네요."

"확률을 확률로 풀라는 이야깁니다. 떳떳치 못하고 매우 졸렬한 문제입니다. 이 문제 출제한 사람 진짜 데카르트한테 단단히 한소리 듣습니다."

"실수 전체의 집합.... 미분 가능한 함수 에프엑스. 이렇게 유치한 함정을 판 문제는 정말이지, 뉴튼과 라이프니츠가 황당해서 웃을 겁니다."

감탄과 염려가 뒤섞이는 반응들이 나오고 있지만 때는 이미 늦었다.

"순간 변화율인 미분은 이렇게 적분과 합쳐질 때 비로서 아름다워 집니다."

"고차 방정식은 음악이 고조되는 것과 같은 이치입니다. 답은 2 죠."

"타원의 초점을 한바퀴 돌리면 간단한 문제! 답은 4!"

메쓰 사무실에선 재성 서하 태이가 신기한 표정을 하며 은주의 생방 진행을 지켜보고 있다.

복잡한 도심 빌딩 위의 전광판에서 이런 은주의 풀이 진행이 흘러나오고 있고 이를 올려다보는 사람들이 하나 둘 발걸음을 멈춘다. 흔들리는 지하철 안에서도 많은 이들이 은주의 진행을 지켜보고 휴대폰에 시선을 고정한다.

디지털 프라자 여러 TV에도 은주의 진행이 돌아가고 있다. 주위에 수험생을 비롯한 많은 사람들이 에워싸고 지켜본다.

방송이 진행되고 있는 스튜디오 내부는 이미 은주의 풀이 진행에 다들 취해 버렸다. 마치 돌아설 듯 날아가며, 때론 격렬하게 손을 휘저으며 움직이는 은주의 동적 수업이 사회자를 비롯한 모두의 혼을 단단히 빼놓는다.

"쌍곡선과 원주율이 만났습니다. '파이'는 분명 끝이 있습니다."

은주가 화룡점정 하듯이 펜을 칠판에 찍으며 강하게 외친다.

"정답은 일번입니다!"

그러나 문득… 쥐죽은 듯, 스튜디오 내부가 침묵 속에 빠져들고, 현수는 답안지에 코를 박고 이상스레 쳐다본다.

"어? 답안지엔 삼번이라고 되어 있는데..."

현수가 보고 있는 정답지에 PD와 정민 역시 얼굴을 들이밀고 스튜디오 내부는 다시 술렁이며 은주에게 온갖 시선들이 쏟아진다. 은주 자신도 뭔가 이상이 있는지, 문제를 심각히 보고 있는데, 그러다가 이내 씩~ 웃고는 자신있게 내지른다.

"삼번은 파이의 끝을 무한대로 가정할 때 나오는 정답입니다. 따라서..."

내부의 분위기가 침을 꼴깍 삼키듯, 숨 넘어가기 직전이다.

"정답은 둘 입니다. 일번! 삼번! 모두 정답 처리해야 합니다."

내부에 미심쩍은 느낌이 아직 가시지 않았지만, 사회자는 풍악을 울리듯이 마무리해버린다.

"네, 이은주 선생님의 명 강의였습니다. 이상으로 2023년도 대입 수학능력시험 수리영역 문제 풀이를 모두 마치겠습니다."

이를 지켜보는 메쓰 사무실에서 서하와 태이의 표정은 다소 황당하나, 재성은 일어서서 감탄의 박수를 친다.

그 날 밤 난리가 났다. 수리탐구 영역 출제위원장 '이상구'. 라는 남자가 허겁지겁 방송에 나와 인터뷰에 임하며 열변을 토한다.

"분명 그 문제는 3번 정답 하납니다. 어느 누가 감히 파이의 끝을 알 수 있겠습니까?"

"하지만 소숫 점 오조쯤에 이르면 끝이 보인다고 주장하는 사람도 있습니다."

"누가 그런 소릴 합니까?"

"일본의 누군가도 그렇고 인공지능도 가능하다고....."

"택도 없는...."

"그건 그렇고 이번에 출제된 수학 문제들이 좀 억지스럽고 졸렬했다는 반응이 많은데요. 여기에 대해선 어떻게 생각하시는지요?"

"문제 풀이 진행을 한 정체 불명 여자의 말만 믿고 그런 식의 유도성 질문을 하시면 더 이상 대답하지 않겠습니다."

당사자인 은주와 현수, 정민이 이 방송을 보는 중이고 정민은 잔뜩 상기된 어조로 말한다.

"다들 난리가 났어. 모든 수험생들이 은주씨를 응원하고 있어. 한 마디로 스타 탄생이야."

은주와 현수 역시 흐뭇한 얼굴로 마주보고 그렇게 천재 범재 수재의 입가엔 미소가 한가득이다. 이 때 밖에서 누군가가 쿵쿵! 노크를 해대고, 은주와 현수는 누군가..하면서 정민을 본다.

"내가 특별한 사람들을 초대했어."

고급 중화 음식점 내부 홀에 걸린 넓은 평면TV 에 은주의 풀이 진행이 재방송 되고 있고, 구석 룸 안 원형테이블엔 여섯이 둘러앉아 있다. 은주 양 옆으로 현수와 정민. 반대편에 재성을 중간으로 태이와 서하가 위치하여, 회전식의 음식을 돌리면서 주거니 받거니 술 잔이 오간다. 다들 기분 좋게 취해가던 와중, 웃음

소리 흐드러져 가던 서하가 은주를 빤히 보며 입을 연다.

"은주씨. 생긴 것도 미인이네."

은주가 벌개진 얼굴로 수줍게 미소 짓고, 바라기 마냥 은주만을 바라보던 태이가 관심 가득하여 묻는다.

"은주씨 평소에는 말이 별로 없어요?"

은주가 입을 열려는 순간 현수가 막아서듯 끼어든다,

"원래 은주가 낯을 좀 가려요."

은주는 왜 자꾸 끼어드냐는 표정을 현수에게 보내고 재성은 뭔가를 캐듯 질문한다.

"어이 현수. 은주씨가 친척이라구?"

"아...네... 그런 셈이죠."

"어떻게 되는데...."

"아... 그러니까 우리 외할머니의.. 막내 동생 그러니까 작은 막내 할머니가 우리 엄마보다 어리신데, 늘그막에 은주를 낳았죠. 그러니까..."

"그럼 몇 촌인가?"

현수가 잠시 말문이 막혀 있는데, 고맙게도 태이가 나서준다.

"오촌이잖아."

재성이 태이에게 눈총을 주고, 재성의 집요함을 익히 아는 현수는 마음 단단히 먹고 대비 자세를 잡는다.

"그럼 은주씨가 현수 아줌마뻘인거네."

"네, 맞아요... 그런거죠..."

괜히 분위기가 딱딱해지려 하는데 서하가 불쑥 현수에게 질문

한다.

"은주씨 어릴 때는 어땠어요? 보통이 아니었을 거 같은데..."

마치 부모처럼 흐뭇하게 은주를 보는 현수의 부드러운 눈길...
이제부터 현수의 창작이 시작된다.

"한마디로 굉장했죠. 백년만에 천재가 등장했다고 온 동네가 떠
들썩했어요."

은주가 잠시 머뭇대며 이를 말려보려 하지만 현수는 마치 자
기 자랑을 늘어놓듯 이야기한다.

"다들 천자문을 언제 떼었죠?"

"그야, 학교 들어가서..."

"난 초등학교 가자마자."

정민은 뭔가 낌새를 채고 있지만 술을 털어 넣으며 웃기만 하
고 현수는 손가락 세 개를 자랑스럽게 올려세우며 의기양양 웃는
다.

"은주는 세 살 !.... 단 세 살 때 천자문을 외워 썼습니다. 그래서
질투와 시샘을 한 몸에 받았고, 주위에 이를 시기하는 무리들이
넘쳐나 은주를 마구 괴롭혔죠. 그 때마다 은주는 오빠인 이 류현
수에게 구원 요청을 했고, 그 때부터 저는 은주의 파수꾼을 자청
했습니다."

모두들 호기심을 담아서 현수의 말을 경청한다.

"은주를 괴롭히는 놈들을 제가 하나하나 손봐주고 은주는 더욱
저한테 의지했습니다. 급기야 선생들도 이런 은주의 머리를 질투
해서 은주를 불편해 했고 학교에서 쫓아내려고 했죠. 그 때 선생

- 71 -

을 들이받은 것도 저였습니다."

은주는 현수의 말이 마치 사실인 듯한 묘한 얼굴이 되어 눈가마저 흔들리고 더욱 신바람이 난 현수는 목소리가 비장한 결의에 찬다.

"그건 영재를 제대로 관리하지 못하고, 천재가 튀면 마구 짓밟아서 평균으로 만들어버리는 거지같은 이 땅의 교육풍토, 더 나아가 암기식, 주입식 교육이 난무하는 이 땅의 고질적인 교육 병폐를 향한 저의 항거였습니다."

다소 우스꽝스럽고 과장된 일장 연설이었지만 은주는 행복한 눈으로 현수를 본다. 그것은 자신을 지켜주는 파수꾼을 향한 사랑스러운 눈길인데, 이 때 분위기를 깨듯이 태이가 잔뜩 취해 혀 꼬인 소리를 낸다.

"천재 은주씨! 아니……"

마치 꿈 꾸다 깨어난 듯한 은주와 함께, 모든 이들의 눈이 태이를 향한다.

"사부님! 이번 주 로또 번호 좀 예상해줘요!"

모두들 엉망으로 취한 상황에도 불현듯 깨어나며 은주에게 일제히 시선이 모이는데, 이번에도 현수가 나서며 힘주어 또박또박 말 한다.

"삼 구 십사 십육 이십팔 삼십오 사십 사십삼 사십오"

이젠 참지 못한 은주가 이런 현수의 옆구리를 찌르고, 수재들 모두는 재빨리 몰래 되뇌이며 외우려 하는 표정들이다.

"…이 번호 중에 분명히 있을 거라고 은주가 예측했습니다."

서하는 눈을 굴리며 전화를 하는 척 입력하고 있고, 아예 젓가락 종이에 숫자를 받아 적던 태이는 재성에게 머리통을 맞는다.

"이제부턴 은주씨를 데리고 뭘 할거지?"

"그래. 그게 중요하잖아."

"안그래도 암중모색중입니다."

  이 순간 은주가 쿵! 하고 테이블에 머리를 박는다. 모두의 염려스런 시선들이 쏟아지지만 은주는 그대로 잠든 거 같다.

  다음 날 현수의 집 앞에는 기자들 여럿이 진을 치고 있다. 금발로 물들인 머리에 은주의 왕관을 쓴 소혜가 이들을 막아서고 있다.

"돌아가세요. 언니는 취재에 응하지 않습니다."

"학생은 뭐야?"

"무슨 관곈데."

"저요? 저로 말할 것 같으면 주인집 딸이자 은주 언니의 대변인입니다."

"안에 어떤 남자와 같이 있는 거 같은데 누구신거죠?"

"글쎄 말씀드릴 수 없다니까요. 돌아가세요!"

  은주는 집 안에서 자신에 관해 넘쳐나는 기사들을 보고 있다.

  - 깜짝 신데렐라의 탄생. 그녀는 누구인가?

  - 이은주같은 신동들의 세계는?

  - 베일에 가린 그녀의 과거..

  은주가 모니터를 닫고 의자에 몸을 웅크리면서 수심이 드리워진 얼굴을 한다. 이런 은주의 얼굴 앞으로 살며시 막대 사탕이 다가와 입술을 노크하고 앞에는 어서.. 하는 표정으로 현수가 다가서 있다. 은주가 살그머니 입술을 열고 사탕을 받아들인다. 그러고는 소리내어 힘껏 빤다. 향기 가득한 달콤함에 표정도 누그러지면서 은은히 사탕을 음미하고 있으니, 현수는 악동마냥 재촉한다.

"한번 그려봐!"

　잠시후 종이엔 비행 접시같은.. 우주선 그림이 그려졌다.

"아니 천재가 그리는 사탕의 맛은 이런 거야?"

　은주가 장난끼 가득한 얼굴을 하며 현수를 본다.

"다빈치가 살아있을 땐 비행기라는 게 없었거든. 근데도 다빈치는 그 시절에 헬리콥터를 그렸었어."

"당연하잖아. 다빈치는 화가니까..."

"예언가로서의 다빈치 말이야."

　현수는 은주의 얘기가 계속 접수가 안되고있다가, 서서히 뭔가 깨달은 듯 우주선 그림을 가까이 보며 흥분한다..

"그..그럼. 이게 진짜 미래에 등장할 우주선?"

　은주는 자신이 천재 예언가가 된 양 근엄하게 현수를 쳐다보다가, 혀를 낼름 내밀면서 베시시 웃는다. 밖에선 계속 기자와 소혜의 웅성거리는 소리가 들려오고 현수는 밖을 의식하며 조금 미안한 듯 은주를 본다.

"우리가, 괜한 짓 한 거 아닌가?"

"나... 주목받는 건 좋아해."

"....!......"

"그거는... 엄마 닮았나 봐."

처음으로 꺼내 놓은 가족 이야기...에 현수는 귀를 쫑긋해보지만 은주는 더 이상은 입을 닫는다.

해가 지고 현수의 집 앞은 깜깜해 졌다. 소혜도 들어가고... 기자 한 명이 남아 있다가 포기한 듯, 현수 차에 명함을 꽂고 사라진다.

바깥을 살피던 현수가 종일 따분했는지 경마 예상지를 펼쳐보는데. 깨알 같은 글씨 빽빽한 그 곳에, 은주가 추리한 마번 번호가 표시되어 있고, 이를 보던 현수가 숨 호흡이 가빠지더니만, 급기야, 예상지에 침까지 떨어트린다. 은주를 보는, 현수의 시선은 경이로움 그 자체다.

"은주야!"

흔들의자에 몸을 파묻고 꺼덕이고 있던 은주는 그저 무감하게 반응한다.

"나, 인터뷰에 일절 응하지 않는 대신에... 오빠한테 주는 선물이야."

"그래 은주야. 오늘 하루종일 답답했지? 내일 바람쐬러 나갈까?"

8. 천재와 수재가 범재에게 놀아나다.

　마치 삼인조 도박단 같은 위용을 갖춘 은주와 현수, 그리고 정민이 차를 몰고 고속도로를 빠르게 질주한다. 렌트 해온 오픈카를 타고 각자 개성있는 선글래스와 차림새로 무장한 채 시원한 바람을 맞으며 마구 포효한다.

"어차피 이것도 머리 속에 다 보여."

"경마는 수학이 아냐. 여러 변수가 있어."

"변수도 수학인거야. 레이스도 절묘한 하모니로 질서가 이루어져 있어."

"확실해?"

"단 한 번도 틀린 적 없어. ...적어도 수학적으론..."

　고속도로 휴게소에 들른 현수와 정민이 국수를 먹고 있고 밖에는 은주가 그동안의 답답함을 날리며 트인 공기를 한껏 들이마시며 서 있다. 검은 선글라스에 새로 산 캐주얼로 단장한 은주는 눈부시게 화사하고 당당하지만, 정민은 아직 반신반의 염려스럽다.

"공금까지 싹 다 긁었어. 뭔 소린 줄 알지?"

"걱정마라. 너도 지켜봤잖냐. 은주 사전에 실패란 없다."

　여전히 미심쩍은 정민과 달리 현수는 아주 넉넉한 웃음으로 은주를 본다.

다시금 오픈카는 고속도로를 질주해간다. 삼인조 도박단의 시선에 저멀리 경마공원이 보인다.

게이트가 활짝 열리고 말들이 일제히 발주된다. 모래를 흩날리며 주로를 파는 말 발굽 소리와 사람들의 함성이 어우러지고 은주는 이에 일체감을 느끼며 한껏 동화된다. 배당판의 배당률 숫자들이 은주의 선글라스에 반사되며 지나가는 게 마치 은주의 머리에 입력되는 것처럼 보인다.

현수가 종류 다른 예상지 다섯 권을 스트레이트 포커마냥 내밀고 이마저도 필요없다 손사래를 치려하던 은주가 가운데 것만을 살짝 뽑는다.

"오늘의 주로 상태는 함수율 십프로 불량 상태야. 그 건 앞서 달리는 선행마한테 아주 유리한거야."

은주는 그저 대충 건성으로 고개만 끄덕인다.

"그리고 말들의 부담중량은 얘기했고... 기수의 작전과 경주 전개는...".

"그만해. 은주씨를 믿고 그냥 맡겨!"

은주가 뚫어져라 예상지를 보면 그녀의 시선에 마필의 전적과 숫자가 웅웅거리며 춤을 추듯 튀어나오고, 자신있게 손가락으로 마번 두 개를 알리는 신호를 하면, 현수와 정민은 마권을 구매하러 급히 달려간다.

말 들이 달린다. 은주의 머리 속에서 말 발굽 소리가 웅장한 교향곡 풍으로 변주되며, 트랙을 질주하는 말 들의 움직임과 절묘한 화음을 이룬다. 일제히 말이 결승선을 통과하면서 은주의 추리가 적중하게 되자, 현수와 정민이 마권을 손에 쥐고 기뻐 어쩔 줄을 모른다.

또 두 개의 숫자를 알려주는 천재의 손짓이 나오고 이를 보자마자 수재와 범재는 허겁지겁 발매 창구로 달려가고, 그렇게 승리의 쾌감이 반복되고 이어진다. 달리는 말 발굽 소리가 은주의 고개 짓, 손 짓, 마치 오케스트라를 지휘하는 듯한 제스처와 거대한 화음을 이루면서 심장이 박동치고 혈관이 꿈틀거린다.

또 말 들이 은주의 예상대로 결승선을 통과해가고..., 현수와 정민은 기쁨과 감격에 겨운 나머지 얼싸안는다.

발매 창구에 더 많은 돈 다발을 밀어넣으며, 현수의 눈동자는 무아지경으로 변하고 있다. 정민은 이쯤에서 멈추고 더 이상의 배팅을 말리고 싶지만, 이미 판단력을 잃어버린 막무가내 현수는 마구마구 돈을 지르고 만다.

게이트가 열리고 또 말들이 달려나간다. 은주는 연신 경주를 음미하듯 즐기고 있고 선글라스에 비치는 말들의 움직임은 여전히 은주의 허밍과, 미동하는 머리 박자와 절묘하게 일치해 간다.

그러다가 결국 일이 벌어지고 말았다. 경주로의 코너를 도는 마필들의 무리에서 어느 기수가 다른 말의 방해를 받아 요동치며 낙마한 것이다. 경주의 흐름은 엉망이 되고 물 흐르듯 이어지던 은주의 하모니가 불협화음을 내며 여지없이 깨진다. 현수와 정민 역시 정신이 번쩍 깨고 은주의 동작은 굳어버린다.

현수가 초점 잃은 눈동자로 더욱 많은 돈다발을 창구에 들이

밀고 정민은 이제 이를 말리지도 못하고 지켜보기만 한다. 흡사 실성한 듯, 돈을 들고 창구를 배회하는 현수는 이미 제정신이 아니다.

또 경주가 시작되고 현수와 정민은 은주의 추리를 응원하며 숨이 넘어갈 듯 소리를 질러본다. 거의 예상대로 되어가는 것 같았다. 적중이 눈 앞에 와 있었다. 그러나 말들이 결승선을 통과하자 정민 혼자 좋아 날뛰고 현수와 은주는 망연자실 서 있다. 정민이 펄쩍 뛰다 말고 의아하게 은주와 현수를 바라보면 그들은 전광판에 빨갛게 들어오는 '심의' 두 글자를 보고 있다. 경주 중간에 반칙 등이 일어나 순위 변경 사유가 발생한 것이다.

그렇게 천재 은주의 수학적인 추리는 전혀 예상치 못한 변수에 의해 어긋난다.

사람들이 빠져나간 텅 빈 관람대에 세 명이 말 한마디 없이 침울하게 앉아 있다. 수재가 먼저 현실을 직시한 듯 털고 일어선다.

"이건 수학이 아니야. 정답 없는 도박일 뿐이지. 현실에선 '제논의 역설'이 통하지 않아."

"………"

"난, 메쓰에 좀 들를 거야. 먼저들 가. 은주씨, 그래도 수고 많았습니다."

정민이 자리를 뜨고 현수와 은주가 여전히 그 상태로 앉아 있으면 바람에 신문과 예상지가 날리며 주위가 황량하다.

현수가 일그러진 얼굴로 돈을 세며 거리를 걷고 있다. 포기할 수 없었던 그는 사채를 빌렸고 여기서 중단하는 것은 천재의 추리를 포기함은 물론 더 나아가 은주를 포기하는 것이라 생각했다. 그렇게 범재의 생각은 한심했다. 가슴 품에 돈을 찔러 넣은 그는 뭔가 결의에 찬 표정을 짓고, 날은 점점 추워지는 듯 카라를 올려 세운다

현수의 집은 여전하다. 계속 기자들이 진을 치며 밖은 웅성거리고 이들을 제지하는 소혜의 소리가 들려온다. 은주는 바쁜 손놀림으로 마우스를 움직이며 모니터와 책자를 번갈아 보고 있는데 실패를 처음 경험한 듯이 다급스러워진 인상이다. 조금 떨어져서 이를 보는 현수 역시 초조한 얼굴이고 은주가 이윽고 조용히 입을 연다.

"확실해. 전반전은 득점없이 비기고.."

"........"

"후반에 두 골씩을 주고받아. 틀림없어. 최종 스코어는 이대이!"

"정말?"

그런데 평소의 은주와는 다르게 목소리가 조금 들떠 있다.

"그게 분명 보이는 거지?"

은주가 마른침을 삼키며 끄덕이지만 동작이 과장된 게 심상치 않다. 무언가에 쫓기는 인상이지만 현수는 서둘러 다독이려 한다.

"은주야. 부담가질 필요 없어. 난 괜찮아."

"........"

" 이제 그만 자야지."

은주가 보고 있는 것은 각종 전적과 선수들의 이름이 보이는 축구 통계다. 현수를 아랑곳 않고 그저 삼매경에 빠진 은주가 계속 몰두하다가 시야가 흐릿해지며 눈을 감는다.

관중들의 응원 함성이 격렬한 북소리와 함께 고조되는 곳, 프로 축구 경기가 열리는 월드컵 경기장이다. 팔짱을 끼고 걸어 들어가는 현수와 은주가 게이트를 지나 경기장 내부에 도달하면 스타디움의 장관이 눈 앞에 펼쳐진다. 웅장한 내부에 압도된 듯, 은주가 선글라스를 벗고 한껏 마음이 들뜨고 휘영청 까만 하늘의 초승달이 은주의 머리에 걸리면서 폭죽과 불꽃이 마구 터진다. 현수는 이런 분위기가 아무 관심 없는 듯, 은주를 잡아 끈다.

휘슬과 함께 경기가 시작되고 양쪽 진영이 공방전을 벌인다. 반칙과 태클과 뻥 축구의 향연. 강한 슈팅을 간신히 막는 키퍼. 크로스 바를 때리는 공. 그럴 때마다 현수가 철렁하여 가슴을 쓸어내린다. 선글라스를 쓴 은주의 표정은 침착하다.

전광판 스코어 0:0 표시. 시계는 경기 시작 30분이 막 지나고, 강하게 감아 찬 프리킥 공이 아슬하게 골대를 빗나가자, 출렁거리는 함성과 함께 기겁하던 현수가 한숨 쉬며 안도한다.

옐로우 카드를 드는 주심. 오프사이드를 알리는 깃발. 현수의 눈길엔 긴장과 불안감이 가득하고 은주는 선글라스 뒤로 표정을 감추며, 팝콘을 입에 넣는다 .

주심의 휘슬과 함께 전반전 종료. 전광판 스코어 0:0. 현수가 땀에 젖은 손을 털며 일어서는데 등짝에까지 땀이 배었다.

하프 타임. 조금은 진정된 얼굴로 햄버거 콜라 등을 들고 걸어오는 현수가 은주에게 전부 내밀고는 안절부절 자리에 주저앉는다.

동 시각 메쓰 퍼즐 사무실에서는 정민과 태이가 테이블에 앉아 캔맥주를 기울이고 있다. 태이가 로또 용지를 내밀면 5개의 숫자가 일치한 듯 동그라미가 쳐져 있고 받아든 정민이 이를 유심히 본다.

"은주씨는 천재가 분명해요."

"도박은 그저 운이야. 우연의 일치겠지 뭐."

"적어도 확률과 난수표에 통달해 있다고 보여져요."

정민이 설마 하는 얼굴로 태이와 로또 용지를 번갈아 본다.

"정답이 있는 수학은 말할 것도 없고요. 정답이 없는 도박도 결과에 상당히 접근한다는 겁니다."

과연 그럴까? 정민은 갸우뚱하는데 태이가 무슨 음모를 꾸미듯 음흉하게 말한다.

"정민이 형. 은주씨의 과거를 알고 싶지 않나요?"

서로 이심전심의 눈빛이 교환되고 있다.

은주와 현수가 있는 월드컵 경기장 에선 경기가 박바지로 치닫는다. 그물을 출렁이며 득점이 이루어지고 응원과 함성 소리는 더욱 격해진다. 전광판의 스코어는 2:1 이 되었고 시간은 82분이 넘어간다. 현수는 들이마신 숨을 꾹 참고, 조여드는 긴장감에 몸이 떨려온다.

선수간에 거칠게 태클이 들어오고 앞서가던 팀의 선수가 레드 카드를 받고 퇴장 당한다. 우~ 하는 함성. 다시 공방전이 벌어지고 숫적인 우위에 있던 상대가 멋진 장거리포를 꽂아넣는다. 드디어 2:2. 이제 90분이 되어 시간은 멈추고, 인저리로 넘어가 추가시간 3분이 주어진다.

현수는 이제 숨 넘어가기 직전까지 왔고, 자신의 예상에 확신이 찬 은주는 입가가 살짝 솟는다. 2분이 넘어가고 있는 인저리 타임. 현수의 심장은 터질 것만 같고 이제 몇 십초만 견디면 천재의 추리가 그대로 적중되는 순간이다.

그러나 상대 진영을 향해 질풍같이 달려가던 선수가 골문 앞에서 상대팀의 발에 걸려 넘어지고, 패널티 킥이 선언된다. 포효하는 관중들. 현수는 순간 넋이 나가 돌처럼 얼어붙고, 미처 이것까지는 예상치 못한 은주가 벌떡 일어서고 만다.

그 순간 메쓰 사무실에선 태이가 천재 이은주를 평가하며 유유히 내뱉는다.

"순간 변수는 수학적으로 예측이 불가능한거죠. 제 아무리 천재라도 말입니다. 거기부턴 엄연히 신의 영역입니다."

테이블에는 은주의 과거 자료인 듯 보이는 서류 뭉치가 놓여졌고 정민은 이를 뒤지며 자세히 살피기 시작한다.

용광로처럼 들끓던 월드컵 경기장 에서는 슬로우 모션으로 어느 선수가 패널티킥을 차며 발을 뻗고 방향을 제대로 예측한 골키퍼가 몸을 날린다. 그렇지만 야속하게도 골은 키퍼의 손을 맞고 그대로 그물 안으로 빨려들어간다. 현수는 그냥 바닥에 주저앉아 버리고 악몽을 꾸듯 퀭한 눈이 되어 머리를 두 손으로 감싼다. 아득해지는 함성소리와 함께 스코어는 3:2 가 되어 천재의 예상은 또 빗나갔고 은주는 어깨를 격렬하게 떨며 바튼 숨을 내쉰다.

망연자실 고개 숙인 범재와 천재의 과거를 캐고 있는 수재. 그리고 현재 가쁘게 내쉬고 있는 은주의 호흡 소리는 그녀를 어린 시절의 과거로 안내한다.

대학 졸업 가운 차림의 10살 소녀 은주가 활짝 웃고 있으면, 그녀의 머리에 까만 학사모가 씌워진다. 바닥에 가운이 닿듯 말듯 한 은주 뒤로 대학 교정이 보이고, 여전한 구렛나루의 아버지가 은주 옆에 와 선다. 고사리같은 딸의 손을 잡는 아버지. 환하게 포즈를 잡는 둘. 앞엔 아버지의 조수처럼 보이는 남자가 사진을 찍는다.

대학교 교문 앞에서 학사모를 쓴 채 아버지의 손을 잡고 걸어가는 은주. 학사모에 솜사탕을 들고 있는 모습이 귀엽고도 우습다. 은주의 지난 인생에 가장 아름다운 순간이라 볼 수도 있는 그런 순간이다.

그러나 자동차 운전석에서 이들 부녀를 보는 시선이 있고, 앞에서 걸어가는 이들 뒤에서 서서히 속도를 내어 가까워지는데,

운전석에 앉은 이는, 살기 가득 초점 없는 눈으로 변한 고교 남선생이다. 은주와 아버지에게 무서운 속도로 차가 돌진하고 순간적으로 뒤를 돌아본 아버지가 은주를 감싸 안는 순간, 쾅! 하고 둘을 들이받는다. 허공에 학사모가 날리며. 은주는 저만치 땅 바닥에 떨어진다.

병원 중환자실에 10살 은주가 인공호흡기를 달고 있고 옆엔 심장 박동 모니터가 움직인다. 바깥 복도에선 형사 둘이 미심쩍은 얼굴로 보고 있다.

"사망한 아버지 직업이 뭐였다고?"

"유명하진 않은 영화감독이었답니다. 그러니까 여배우 사이에서 저 학생이..."

"근데 선생이란 작자는 왜 그런거래?"

"교편은 그 때 와이프가 죽고 그만뒀답니다."

"아니, 그러니까...지금도 저렇게 어린 애가.. 그것도 오년전에 자기 와이프를 살해 했다는 게 말이 돼? "

"과실치사였다고는 하지만 그러게나 말입니다. 그보다 전 오늘이 대학 졸업식이었다는 게 더 이해 안갑니다."

정신병동에서 회복된 은주가 불안하게 걷는다. 앞엔 간질 환자들... 넋 잃고 중얼거리는 환자들이 보인다. 철심을 박은 듯 은주는 다리를 절고 있고 실성한 듯 눈은 흔들려가지만, 입은 악다물고 있다. 옆에는 은주를 부축하는 어떤 중년 여성이 있고 침대 모서리에 올라앉은 은주 옆으로 벽에는 바퀴벌레 들이 지나간다. 눈에 초점을 잃은 은주가 부르르 몸을 떨며 허공을 응시한다.

"어쩌면 쓸모없는 존재가 된 건지도 모르죠."

"이거 어디까지 공개된거야? "

"대부분 몰라요. 사람들 냄비 근성 알잖아요. 어린 은주는 거기서 파이의 끝을 본걸까요?"

한없이 가녀리고 어린 은주의 눈이 그렁이고 있지만 10살 소녀 은주는 더욱 입을 악다문다.

그 모습은 텅빈 월드컵 경기장에서, 선글라스 아래 입을 꽉 다물고 있는 은주의 현 모습과 교차된다. 쿵! 쿵! 나이트가 꺼지며 은주와 현수가 어둠 속에 묻히고 태이의 나직한 음성이 들려온다.

" 그렇지만 아직은 희망이 있습니다. "

9. 수상한 제안

　메쓰 사무실에 정민과 태이가 계속 심각한 얼굴을 하고 있다. 특히 정민의 얼굴이 매우 복잡하고 테이블엔 찌그러트린 캔 깡통들이 제법 쌓였다.

"그거 사람을 두 번 죽이는 일일 수도 있어."

"요즘같은 세상에 그래도 이용 가치가 남았다는 말은... 그래도 좋은 의미 아닐까요? 평생을 보장받을 수도 있는 일인데.."

" ....!!!......."

"현수 형을 설득하면 돼요. 은주씨의 과거가 완전히 드러나기 전에."

"바보같이.. 넌 친척이라는 말을 믿었냐?"

"그건 중요하지 않아요. 어쩌면 둘 사이가 더 가까울 지도 모르니까요. 만약에 둘이 사고라도 치면 이 일도 끝장이에요."

"....!!!.."

"그리고 우리 메쓰 퍼즐 생각도 해야 해요. 우리는 분명 그들의 돈으로 운영되고 있어요. 게다가 형은 지금 분명히 배임을 했잖아요."

"그런데 정확히 어떤 놈이 은주씨를 원하고 있는 거야?"

"..... 정확히는 천재의 아기를 원하고 있는 거에요."

며칠이 흘렀다. 거리엔 휑하니 바람이 불고 오가는 사람들이 추운듯 종종걸음을 하며 옷깃을 여민다.

거리 전광판엔 이런 저런 기사들이 뜨고 있다. '좀처럼 모습을 드러내지 않는 이은주.' '어릴 적 세간의 화제가 된 그녀의 어린 시절.' '3살 때 천자문을 외워 쓰고 5살 때 미적분 마스터 해.' '베일에 가린 그녀의 십여 년.'

그중에도 충격적인 것은 '그녀의 난자 공여로 태어난 아동들' '이 중 한명은 그녀가 나온 고등학교에 입학.' 기사들이다. 그러면서 아이의 얼굴까지 노출된다.

현수의 집엔 홀로 책상에 웅크린 은주가 겁먹은 얼굴이 되어 기사들을 검색한다. 자신의 난자 공여로 태어났다는 아이의 기사와 사진을 대하면서 마우스를 움켜 쥔 손이 떨린다.

어느 허름한 카페에서 단단히 화가 난 현수가 정민의 멱살을 잡아 일으킨다. 며칠을 그러고 있었는지 현수의 얼굴은 덥수룩 수염이 나 지저분하다.

"뭐가 어째?.. 재벌 2세? 은주더러 씨받이를 하라고?"

"어쩌면 이것은 은주씨를 살리는 길이야."

기가 막힌 현수가 부들부들하며 멱살을 놓지 않는다.

"너도 살리고...."

현수가 멱살에 더욱 힘을 조인다.

"덕택에 공금 날린 나도 살리고.... 이게 아니면 은주씨를 위해서 니가 뭘 할 수 있는데?"

잠시후 정민이 가져 온 은주의 과거 자료를 살피는 현수의 눈빛이 흔들린다.

"현수 너랑은 사는 세계가 틀린 사람이야."

　하지만 현수는 욱한 마음에 끓어올라 자료를 집어 던지듯 치워버리고, 서글퍼진 증오감으로 정민을 쏘아 본다.

"너희들 같이 적당히 머리 좋은 수재 놈들하고 사는 세계가 틀린 거겠지."

"니 소원대로 적당히 똑똑한 여자를 찾아. 은주씨는 아니야."

"아니기는... 이 새끼가 진짜..."

　그러는 와중 현수의 휴대폰이 울린다. 번호를 보고는 왈칵 짜증나는 표정으로 받는다.

"여보세요."

"모레가 상환일인 거 알제? 아니면 난자완스 뽑을 준비 하고 있던가...."

"알았어요. 알았다구요!!"

　정민이 현수의 상황을 잘 아는 듯 살며시 봉투를 내민다.

"착수금과 백지 수표야. 둘이 상의해서 적어."

"입 닥쳐 임마! 빌어먹을....너는 친구도 아니야."

　현수가 식식대며 자리를 뜨고, 놓인 봉투를 바라보는 정민도 착잡하기 그지없다.

　맨정신으론 도저히 버티기 힘든 현수가 홀로 선술집 테이블에 앉아 마구 소주를 입에 구겨넣는다. 벌써 두 병은 비어 있고, 지저분해진 얼굴에다가 취하기까지 하여 더욱 초췌한 몰골이다. 바

곁에서 이를 보던 소혜와 밴드 일행들이 식당에 들어온다.

"현수아찌. 혼자서 무슨 궁상이야?"

옆 테이블에 일행들이 자리 잡고, 현수는 엉망으로 취해서 시비걸듯 투정댄다.

"소혜 너 으..은주 대변인이 자리 안 지키고.. 고등학생들이 이런 데나 오고.."

"우린 밥 먹으러 온 거야. 그러는 아찌는 언니 혼자 놔두고 뭐해?"

현수가 취해서 멍해진 눈으로 일행들을 골고루 곱씹어 본다.

"너네들은 조옿겠다."

"....??......"

"공부도 잘하고...나중에 머리 좋은 짝들도 만나겠지?"

"...???....."

"얘들아. 수재와 수재가 만나 결혼하면 수재가 태어나겠지? 천재와 천재가 만나면 천재가 태어날 확률이 높겠고.... 근데 천재와 둔재가 만나면 누가 태어나게 되는 건가?"

"그야 반반 아닐까요"

"반반? 오십 프로의 확률은 된단 말인가? 꼭~"

"쯧... 취했어. 아찌 어서 들어가."

현수가 발그레 웃으며 엉거주춤 일어선다. 그리고는 비적거리며 식당 문을 나서는데 소혜가 설마 하는 눈으로 현수의 뒷 모습을 오래도록 지켜본다.

자신의 집 앞으로 현수가 비틀비틀 걸어오고 두 명의 기자가 현수에게 들러붙는다.

"이은주씨와 어떤 관계시죠?"

"젠장 저리 안 꺼져!"

집 안에선 홀로 무심코 앉아 있던 은주가 밖의 현수의 기척을 듣고 반가운 듯 일어선다. 현수가 밖에서 신경질적으로 비밀번호를 찍어누른다.

"에이 씨! 누구 맘대로 번호까지 바꾼거야."

은주가 급히 문을 열어주고 반갑게 맞이하려 하지만 현수가 이를 무시하며 사납게 들이닥친다. 이런 행동이 다소 의외인 은주지만 그래도 나긋하게 대하려 한다.

"오빠. 저녁은 먹고 마신거야?"

현수가 눈이 풀려서는 은주를 빼꼼히 본다.

"어쭈. 이젠 마나님 행세까지 하려고 하네."

"....!!?....."

"언제부터 니가 안주인이 된 거냐?"

"....오빠가 없어서.. 며칠동안 안 들어와서...무서워서 번호 바꿨어.."

이런 은주를 가만히 보던 현수가 갑자기 와락 달려들어 은주를 끌어안고, 멈칫 거부하는 은주를 강제로 침대에 눕히고는 멋대로 키스를 퍼붓는다. 그리고는 은주의 팔을 양손으로 찍어 누르며 사정없이 노려보고 은주는 버둥댄다.

"이, 이거 안 놔!"

"내 입술 맛 어때? 어떤 소리가 들려? 응? 한번 그려봐. 니 입술

에선 아무 소리 안들려. 아무 색깔도 없구."

"오빠... 제발...이러지 마.."

현수가 밑으로 내려가 은주의 다리를 잡는 순간, 딱딱한 감촉이 왔다.

"그렇지... 철심. 철심이 박혀 있지. 근데 이 딱딱한 느낌은 무슨 색깔일까? 어떤 소리가 날까?"

그날의 악몽이 몰려온 은주가 현수의 뺨을 때린다. 그러고는 하염없이 눈물을 흘리고, 가쁘게 흐느끼다가 소리내어 운다. 마치 10대 아이같은 은주의 서러운 울음 소리에 눈도 마주치지 못하는 현수는 그대로 굳어버리고, 잠시 그렇게 있더니만, 내려와 냉장고를 열더니 술병을 꺼내 또 들이킨다. 눈물을 쏟아내던 은주는 상체를 일으키고 잔뜩 겁먹은 얼굴이 되어 현수를 본다.

"은주 너...."

"....‼...."

"그 잘난 머리로 살아온 게 왜 그 모양이야."

속내와 다르게 튀어나오는 현수의 말이 매우 어색한 것이 누가 들어도 거짓말이다.

"사회 부적응자에다가... 정신 병....아니 정신 질환에다가...."

다시금 울음을 삼키려 하던...은주가 이렇게 어색한 현수를 그저 보기만 한다.

"우리 거지된 거 알지? 그 잘난 누구 덕분에..."

현수가 LP 판들이 있는 책장으로 가 한꺼번에 꺼내고는, 바닥에 주욱~ 펼쳐 놓는다.

"난 이제부터 이것들을 내다 팔려고 해."

은주가 다가와 펼쳐진 LP들 중 에이시아 1 2 3 집을 소중히 집어 안는다.

"그리고 은주 넌 이제부터 아주 중요한 일을 해야 돼."

취중에도 차마 말을 꺼내놓기 어려운 현수가 병 나발을 불고 단숨에 비워버린다. 그 순간, 어지러운 현수 뒤에서 살며시 손길이 다가오고, 그렇게 은주가 현수를 뒤에서 끌어안았다. 멍해져 뒤를 돌아보려하는 현수지만 은주의 허그는 더욱 조여져 온다,

"할게. 오빠가 하라는 거 뭐든지 할게."

구토기가 밀려오는 듯 현수는 어쩔 줄 몰라하는데, 뒤에서 은주는 놓지않고 결국 현수는 웁웁!! 거리며 은주를 뿌리치고는 화장실로 달려가 예전의 은주마냥 꺽꺽거린다. 이를 보면서 마치 현수의 생각을 간파한 듯한 은주가 주먹을 꽉 쥔다.

바닥에 널부러져 잠 든 현수. 옆에는 은주가 무릎에 얼굴을 묻고 앉아 깊은 수심에 잠겨있다. 창밖에서 밀려오는 달빛에 은주의 그림자가 길게 드리워진다,

동이 터온다. 은주는 밤을 뜬 눈으로 지샜고 그제서야 목이 마른 현수가 부스스 일어난다.

"우리, 간밤에 무슨 일 있었던건가?"

은주는 이제 한결 편안해진 얼굴로 현수를 보면서 가는 미소를 짓는다.

"고마워."

현수는 생뚱맞은 표정이고 은주는 그저 그윽한 눈길로 현수를

본다.

"고맙다고? 그런 말도 할 줄 알아?"

　은주가 시선을 깊이 한번 묻다가는 살짝 고개를 든다.

"오빠. 삼차방정식 알아?"

"...뭐, 3차? ....무슨... 일차 방정식도 모르겠는데.."

　빙긋이 미소 짓던 은주가 찬찬히 이야기한다.

"아주 옛날에, 자기 몸을 팔아서 하루를 먹고사는 한 여자가 있었어. 그런데 어떤 유부남을 만나 하룻밤이 아닌 진짜 사랑에 빠지게 되었어"

　현수가 뭔가 생각이 난 듯 몸을 일으켜 세운다.

"그 여자는 유부남과 사이에서 원치 않은 임신을 하게 돼. 유부남은 그 여자를 버리고 떠났고 여자는 세상에 나온다면 결코 축복을 받지 못할 아기를 유산시키려고.. 돌맹이를 먹고... 농약을 마시고... 별 짓을 다 했어."

　현수는 간밤의 일이 떠오르는 듯 하고 은주는 눈가가 촉촉히 젖는다.

"그래도 아기는 이를 비웃듯이 꿋꿋하게 세상에 태어났어. 그리고 아무도 반겨주지 않았던 그 아기는 커서 수학자가 돼. 삼차방정식의 해법을 만든 훌륭한 수학자가...."

　은주의 눈이 그렁거리지만 웃고 있다.

"오빠... 내가 갔다와도 계속 지켜줄 수 있지?"

　현수가 집 앞에 나와 간밤의 일을 후회하며 연신 담배만 빤다. 계속되는 혼란함에 깊은 한숨만 내쉰다.

집 안에선 은주가 허공을 응시하며 다면체 큐빅을 맞추고 있다. 보지도않고 움직이는 은주의 손놀림에 다면체 큐빅이 빠른 속도로 맞춰진다. 큐빅을 다시 섞어버리는 은주의 눈길이 책상에 놓인 아버지의 사진 액자에 고정된다. 은주의 눈망울은 더욱 젖어가지만 결심에 찬 입은 다부지게 다물어져 있고, 큐빅은 격렬하게 돌아가며 또 완성된다.

집 앞에서 현수가 누군가와 전화를 한다,

" 네, 제가 류현수라는 사람인데요. 누구시죠?"

큐빅이 다시금 섞여지고 은주는 더욱 빠른 속도와 힘이 들어간 손놀림으로 큐빅을 완성한다. 그렇게 빠르게 섞여지고 완성되고 반복되는 큐빅 위로 은주의 눈물이 뚝뚝 떨어진다.

집 근처 공원에 현수가 벤치에 앉아, 추운 듯 여미며 누군가를 기다린다. 두리번대던 그의 시선이 고정되면, 저만치서 어느 중년 여성이 다가오고 둘의 눈길이 만난다.

거사 당일이 밝았고 메쓰 사무실에선 재성과 서하가 큰 가방을 맨 태이를 배웅하고 있다.

"다녀올게요."

태이가 사무실을 나서고 뭔가 석연치 않은 눈초리로 보던 서하가 재성에게 묻는다.

"도대체 무슨 일을 꾸미는 거야?"

재성은 묵묵부답 팔장만 끼고 표정이 없다.

현수의 집에 온 정민이 은주의 짐을 챙기고 있고 현수는 책상에 깍지 끼고 앉아 머리를 묻은 채 꼼짝 않고 있다. 나가려는 정민이 멈춰서서 가만히 현수를 본다.

"은주씨 배웅 안 해?"

현수는 응답없이 그 자세 그대로 굳어 있다.

"배아 생성 동의서에 현수 니가 사인할 수도 있어."

역시 댓구가 없자 정민은 포기하고 돌아선다.

집 앞엔 고급 승용차가 서 있고 뒷 좌석에 은주가 앉아 있다. 태이는 트렁크에 이것 저것 짐을 싣고 있고, 커다란 선글라스로 얼굴을 가린 은주는 현수가 있는 쪽에 시선을 고정한다.

꼼짝않고 있는 현수에게 밖에서 차의 시동이 걸리고 움직이는 소리가 들린다. 현수가 살며시 고개를 들고 잔뜩 죄를 지었다는 얼굴로 은주의 사진 액자를 보면, 10살 은주가 학사모를 쓰고 환하게 웃고 있다. 마치 구원을 바라는 듯한 은주의 사진을 보며 현수의 눈이 점점 흔들려가더니 결국은 박차고 일어선다.

급히 카렌스가 시동 걸려 움직이고, 쏟아지는 울음을 애써 참고 있는 현수에게 공원에서 만난 중년 여자의 목소리가 들려온다

"저는 은주의 담임선생이었습니다."

현수가 무력감에 마구 핸들을 내리치며 오열한다.

"은주를 보살피고 계시다는 얘길 들었습니다."

현수가 북받쳐 소리를 지른다.

"은주야. 안돼. 가면 안돼!!"

현수의 머리 속에 그 공원 벤치에서 만난 중년 여성의 당부가 떠오른다.

"은주는 남들과 다른 인생을 산 아이입니다. 몸도 많이 약하구요"

"기면증이요? 별거 아닌거 같던데.."

"약물중독 아시죠?.... 보살펴 주시고 같이 계시니까, 혹시나 해서 드리는 말씀이지만, 위험할 수 있습니다. 임신이나 출산이...."

현수가 차 안에서 비명을 내지르며 달린다. 앞에는 저만치 은주가 탄 차가 있다. 그러나 다른 차들이 이리저리 끼어들고 은주가 탄 차는 멀찌감치 달아난다.

병원에 도착한 현수의 눈에 저 멀리 사람들과 섞여가는 은주의 뒷모습이 보이고 어떡하든 은주를 잡으려 해 보지만 어느새 양복들 무리가 거칠게 다가와 현수를 막는다. 은주는 결국 시야에서 사라져가고 제지당한 현수는 울부짖어 보지만 이미 늦었다.

10. 천재의 귀환

현수의 집안에 모든 가재도구가 치워지고 상자 몇 개만이 덩그러니 남는다. 휑하니 텅빈 공간 구석 쓰레기 더미에는 경마 예상지들과 들어찬 담배가 버려져있다. 상자에 에이시아의 LP와 다면체 큐빅, 사진 액자 들을 소중히 담던 현수가 벽에 그대로 있는 은주의 낙서와 수학 공식들을 가만히 서서 바라본다.

밖에는 이삿짐 차가 짐을 싣고 서 있다. 현수가 조수석에 올라타자 움직이기 시작하고 현수가 사이드미러를 보면 은주와 지내던 자신의 집이 멀어져 간다.

현수의 새 집은 한결 공간이 넓어졌다. 가재도구들이 깔끔히 셋팅 되고, 현수가 눈에 띄는 곳에 은주의 액자와 큐빅을 가져다놓았으며, 메쓰 잡지와 은주의 수기 문제지들도 서랍 속에 차곡차곡 정리된다. 정리에 열중하다보니 은주가 그린 우주선과 먹다만 사탕이 발견되고 현수는 이를 한참 보면서 생각에 잠긴다.

시간이 흘러간다. 눈발이 날리기 시작하더니 소복한 함박눈이 내린다. 눈이 그치고 따스한 봄볕이 내리 쬔다. 빗줄기가 시원하게 내리다가 그치면 낙엽이 떨어지고....어떤 여자의 녹음된 음성이 살며시 들려온다.

"올 해도 이은주씨, 수능시험 문제풀이가 가능하신가 해서요. 많은 사람들이 기다리고 있습니다."

"글쎄요. 개인 사정상 어려울 것 같습니다."

어느덧 책상과 주변을 사무실처럼 꾸며 놓았다. 세련된 컴퓨터와 모니터 등이 놓여졌고 현수는 앉아서 뭔가에 열중하고 있다.

서서히 집 앞에 차 소리가 들리고 커지더니만 누군가 내리는 기척이 느껴진다. 현수는 문득 멈추고 이를 의식하더니 표정이 상기되며 일어나 천천히 현관으로 움직인다. 누군가 올라오더니 현관 밖에 익숙한 숨소리가 들리고, 이윽고 비밀번호를 누르기 시작한다.

현수가 환히 밝아져 문을 열려다가 멈칫 하고 서면, 빠른 속도로 누르는 동작이 느껴지고 촉각을 자극하는 경쾌한 소리가 울려 나온다. 얼마가지 않아.. 철컥! 소리가 나고 현수는 마른침을 삼키면서 옷 매무새를 만진다.

서서히 문이 열리고... 헬쑥하고 다소 야윈... 그러나 표정은 밝은 은주의 모습이 드러난다. 수줍은 듯 미소 짓고 있는 그 얼굴. 현수는 그리움에 북받쳐 은주를 와락 끌어안는다. 눈을 감고 현수의 품에 안긴 은주는 편안함에 안도한다.

메쓰 퍼즐 사무실 현관 앞에서 정민이 숫자를 시원하게 입력하면 철커덕 문이 열리고 아주 밝은 얼굴이 되어 입장한다.
"웬 일로 문제가 바뀌었네요"

안에는 재성과 서하 태이 모두가 심각한 얼굴로 있다.
"은주씨가 건강히 돌아왔답니다."

그러나 계속해서 내부는 굳은 얼굴들이다.

"왜들 그래요? 무슨 문제라도.".

　재성이 태이의 얼굴에 세찬 따귀를 갈기고, 얼마나 매서웠는지 태이가 나동그라진다.

　동 시각 현수의 새 집에서는 은주가 화장실 변기에 걸터 앉아 있고 밑에서 현수가 정성껏 발을 어루만지며 씻겨준다. 은주는 다소 들떠서 수다를 떤다.

"오빠가 싫어하는 숫자를 알거든. 그 걸 빼니까 몇 개 안 남는 거야. 경우의 수가 팍 줄어드는 거지. 문 여는 거 까짓 거 일도 아니지. 내가 누구야. 이은주잖아."

　현수는 왠지 호들갑스러워진 은주를 염려스럽게 보는데, 은주는 그 곳에서의 일을 잊으려는 듯 괜히 수선스럽다.

"거기서 어찌나 호강스러웠는지.. 나 완전 브이브이이아이피 대접받았어. 오빠 집보다 훨씬 크고 좋고... 물론...벽에 낙서같은 건 못했지만...."

"........."

"근데... 근데 말이야..."

은주의 눈가가 젖어들고 이를 안쓰러이 보던 현수가 처음으로 입을 연다.

"은주야. 말하기 싫으면 아무 말도 하지마. 그리고..."

"........."

"이 집의 주인은 너야."

　은주는 관심없는 듯, 어린애처럼 흐느끼기 시작하고 이를 가만히 바라보기만 하던 현수가 어렵게 묻는다.

"혹시.. 너 아기가 보고 싶니?"

"아니. 아니야. 그런 거 아니야. 아니란 말이야."

　같은 시각 메쓰 사무실은 난리가 났다. 이번엔 정민이 태이의 면상에 주먹을 꽂아넣고, 광포하게 쏘아본다.

"설마....니 아카시아냐?"

"무슨 소리에요? 재벌들이 그 정도로 바봅니까!!"

"근데 왜 말을 못하는 건데...."

　태이는 어쩔 줄 몰라하며 무릎을 꿇고 서하는 태이와 재성, 정민 모두에게 벌레보듯 경멸의 시선을 던진다.

"저도 일이 이렇게 될 줄 진짜 몰랐어요."

"정확히 얘기 해!"

"그들이, 결국은 알아 버렸어요."

"뭐를?"

"형들도 이은주가 1급 정신 장애인이라는 것까진 몰랐죠? "

　처음 듣는 얘기라 정민은 움찔하며 굳어버리지만 짐짓 다그친다.

"그, 그래서 어떻게 된다는 거야? 지금 어찌 돌아가고 있는건데."

"그 때문에 아기 인수를 거절하고 있어요."

"뭐? 그럼 ....돈은?"

"재벌들이 어떤 놈들 입니까? 없던 일로 덮으려고 하겠죠."

　정민이 깊은 한숨을 내쉬고 재성은 뭔가 이상하여 묻는다.

"그러면 아기는 지금 어디에 있는거야?"

"그..그게........"

재성이 우물쭈물하는 태이를 걷어차려 한다.

"그..브로커가....자기도 돈을 못 받게 되니까....애기를 인질로 잡고... "

경악스런 얼굴이 되어가는 서하가 셋을 향해 소리친다.

"애기가 물건이야? .....이 말종들 !!!..."

은주와 현수는 돌아가는 상황을 미처 모르고 있다. 현수가 LP 판을 꺼내 고급 턴테이블에 돌리면 음악이 흐른다. 은주는 현수의 책상에 앉아 그동안의 메쓰 잡지를 쌓아놓고 또 문제를 만들려는 듯 펜을 까닥이다가 지그시 눈을 감고 음악을 음미한다.

"은주와 나는 같은 시간에 고등학교를 다녔고 같은 음악을 좋아한거네 "

은주가 창백한 얼굴로 음에 취하며 고개짓으로 박자를 맞춘다.

"음악의 천재들이 다시 뭉치고 돌아왔으니.... 이제 은주도..."

은주가 이에 문득 미동을 멈추고 눈을 뜨더니 가라앉은 어조로 읊조린다.

"그 때 그... 애독자 카드..."

".....?...."

"비가 많이 내리던 그 날..... 내가 왜 보냈던 걸까?"

"그야.... 나를... 우리가 만나기 위해서...."

은주가 생각에 잠기며 다시 스르르 눈을 감고 음악은 절정으로 간다. 이 때 누군가 꽝꽝! 현관문을 두드리면서 분위기가 여지없이 깨지고 책상 어귀에서 현수의 휴대폰이 진동한다.

상황은 점점 꼬여가는 것 같다. 정민을 현수의 집으로 보낸 재성이 급히 도움을 요청하고자 지방으로 내려온다, 바다 항구 일각에 입술 꾹 다문 재성이 걸터앉아 누군가를 기다리고 있으면 또래 나이의 재호가 걸어온다.

"친구야. 잘 있었나? 근데 비싼 밥 처묵고 와 울상인고? "

"잘 지냈나? 부산은 어때?"

"은준가 뭔가 그놈아 돌아 왔다믄서...부진했던 잡지도 이제 잘 나가겠지 뭐."

"애들 좀 서울로 소집해 줘."

"뭐라꼬?"

"경북 멘사 중에서도 제일 난 놈들로.."

"와 그러는데..."

"우리가 좀 살려야 할 사람이 있어서..."

현수가 집 앞에서 안절부절 불안한 동작으로 통화중이다. 가슴팍에 담배를 찾다가 끊었음을 떠올리며 목소리 잔뜩 격앙되어 흥분한다.

"아니... 이거 보세요. 진짜 우리.. 아니 은주 아기를 납치했다고? ...야이 미친 새끼야. 그게 어떤 아긴줄 알고......

뭐? 1억? ..고작 1억?"

현수가 어이상실하여 웃는다.

"야... 너 지금 장난치는 거지?... 너 목소리도 낮이 익거든"

그러나 휴대폰 너머 아기 울음 소리가 들려오고 현수가 흠칫한다.

"야이 새끼야. 그 애기가 보통 애긴 줄 알아! 그리고 너 말이야. 지금 번지수를 잘못 짚었어. 나는 아기 아빠가 아니야."

그러자 전화가 딸각 끊긴다. 집 안에는 정민이 시선을 내리깔고 무릎 꿇고 있다. 앞에는 불안한 눈빛이 마구 흔들리는 은주가 산만하게 움직이며 손톱을 깨문다. 정민이 고개를 들고는 어렵사리 입을 연다.

"조리원에서... 이상한 느낌 같은 건 없었나요?"

은주는 그저 기가 막힐 따름이고 후다닥 들어오는 현수는 정민의 멱살을 잡아 일으킨다.

"뭐라고 말 좀 해봐. 아기가 유괴된 게 맞는 거야 !!"

".........."

"그렇다면 어서 찾아내! 너 같은 수재들이나 그 잘난 놈들한테는 유괴범 잡는 거 일도 아닐꺼 아냐. 빨리 잡아와. 그리고 그 전에 약속한 잔금도 빨리 가져와!"

은주가 확 돌아서서 소리지른다.

"그만들 해!!!"

현수가 멈칫하여 은주를 보고, 정민은 멱살 잡힌 채로 미동도 않고, 은주는 몸을 부르르 떨며 절규하듯 말한다.

"그래! 결국 다 내 잘못인거야!! 내가 정신이 나가야만... "

".........."

"나를 가만히 놔두는...."

　은주가 솟아나는 울음을 삼키며 입술까지 깨문다.

"이 거지같은 세상...!!"

　현수가 자기 딴엔 은주의 마음을 읽은 듯, 더욱 정민의 멱살을 꽉 쥐어잡고 흔들어댄다.

"어쨌든 돈 내놔. 임마. 은주가 약속대로 애 새끼 낳아 줬으니, 빨리 돈 달라고 하란 말이야!!"

　은주가 무서운 속도로 성큼 현수에게 온다.

"그 돈으로 은주와 난..."

　말이 채 끝나기 전에 은주는 있는 힘을 다해서 현수의 뺨을 날리고 고개가 돌아가며 멱살마저 놓치고 만 현수가, 억울하고 서러워진 얼굴로 은주를 본다. 경멸 가득 실성한 눈을 한 은주는 밖으로 나가려는 듯이 현관으로 향하며 울음을 주워 삼킨다.

"그래 그.. 애독자 카드...."

".........."

"주제넘게도... 구원을 바랬었나 봐..."

　잠시 흐르는 정적 속에서 등을 돌린 은주가 꺼져가는 소리로 내뱉는다.

"....살려달라고......."

　은주 어깨가 들썩이면서 현관으로 천천히 가더니 문을 열고 사라진다. 이를 말리고 붙잡기엔 자신도 너무 억울한 현수는 은주가 사라진 현관을 뚫어져라 보기만 한다

11. 천재의 방황

　겨울 문턱인 듯 사람들이 황량한 거리를 종종 걸음으로 오가
고 은주 역시 고개를 숙이고 엉거주춤 걷는다.
　곳곳에 은주에 대한 원색적인 기사들이 넘쳐난다.
　'그동안 잠적했던 이은주, 재벌가의 딸을 출산' '모자란 동거남
의 실수로. 아기를 유괴 당해...'
'아기의 몸값은 최초 가격에 100배로 치솟아..'
'단순 공여가 아닌 자궁 대여. 차이점은?' '천재 이은주와 천재(?)
아기의 미래는?'
　버스 안 라디오에서 자신에 대한 뉴스가 흘러나오자 은주는
귀를 막고 창밖을 내다보며 가쁘게 숨을 쉰다.'
　은주가 자신이 있었던 가판대에 와 보는데 철거 직전인 듯 다
쓰러져 간다. 그래도 보금자리였던 그곳에 앉아 깊은 상념에 젖
는다.
　자신이 살던 아파트에도 와 본다. 201호 현관문의 손잡이를
돌리자 열리지 않고 여전히 그 자리에 놓여 있는 냉장고를 가만
히 어루만져본다.

　은주가 자신이 다니던 고등학교를 찾아 왔다. 학교 교문을 통
과해 들어가 운동장을 걸으며 이곳저곳에 시선을 주고 아담한 학

교 교정을 바라본다.

중앙 현관에 가니 아직도 현관 내부 어귀엔 6살 은주의 사진들과 '학교를 빛낸 영재' '일본에서 10시간에 걸친 지능 측정. 공인 IQ 201' 등의 기사들이 액자로 전시되어 있다. 통이 다소 큰 교복을 입고 가장 키가 작은 은주의 모습들과 전 세계의 영재들과 어울려 있는 사진들을 은주가 무감히 보면서 지나친다.

은주가 조용히 교감실 문을 열고 들어서면, 현수가 만나던 중년 여성이 놀란 표정으로 일어선다.

은주와 중년 여성이 학교 복도를 나란히 걷는다. 교감은 은주를 안쓰럽게 보며 말을 건넨다.

"오랜 시간이었지. 그 곳에서의 지루한 시간들. 잘 참아줘서 고맙단다."

은주는 쓸쓸하고 어색한 미소만 짓는다.

"그 땐 나도 어쩔 수 없었단다. 아버지 돌아가시고... 사람들은 너를 가만두려 하지 않았으니까. 사고 났을 때 너의 두개골을 꺼내려 하는 인간들도 있었잖아."

은주가 쓸쓸한 기억을 떠올리며 표정이 어두워진다.

"그렇지만, 잘 한 건진 모르겠구나. 잃어버린 시간도 그렇고... 은주 네가 원했던 거지만 일부러 장애인이 되어 숨을 필요까지 있었는지...."

".........."

"이젠 세상으로 나오는게 어떻겠니?"

".........."

"보살펴주는 사람도 있던데..."

".....네......"

은주가 어렵게 대답했고 교감은 조금 마음을 놓는 표정이 된다. 은주가 약간 망설이면서 더욱 어렵게 입을 뗀다.

"..저...한번만 보고 싶어요."

"...??....."

"우리 학교 다닌다는 그 아이.."

교감이 잠시 멈춰 있다가는 은주를 독려하며 묻는다.

"괜찮겠니?"

교내 체육관에서 고교생 남자 애들이 격렬히 농구를 하고 있고 교감과 은주가 조용히 입장한다. 농구하는 남자애들 틈에 끼어서 악다구니 쓰듯 지지 않던 남자 아이가 잠시 은주와 눈이 마주치면 서로의 시선이 고정된다. 교감은 이런 은주의 어깨에 손을 얹으며 웃음 짓는다.

"너도 알겠지만 저 아이 아버지가 이곳을 지어주셨지. 저 녀석은 친구들과 잘 어울린단다. 가끔 쌈박질도 하고 말이야."

조금 이상한 듯한 눈초리로 은주를 보던 남자 아이가 다시 공을 튀기며 무리들과 섞인다.

"하지만 은주 너만큼 공부는 못해."

교감은 흐뭇하게 미소 짓고 은주는 눈가가 촉촉해진다.

교정이 보이는 벤치에서 은주가 기도하듯, 깍지 낀 손을 이마에 대고 앉아 있다. 소리 없는 흐느낌이 길게 드리워지는 순간,

교문에는 재성과 재호가 모습을 드러내고 고생 끝에 은주를 찾았
다는 표정으로 숨을 헐떡인다.

12. 천재의 복수

메쓰 퍼즐 사무실에 많은 이들이 모여 소란스럽고 온갖 표준말과 사투리가 왁자하게 섞인다.

'무신 해킹에도 지역색이 있노? 잡지나 잘 팔아라 마''다들 조용히 좀 하거라.'

'동작 봐라. 그래가지고 어째 알아 내노''좀 조용히 하시고 각자 맡은 바 집중하세요.'

재성과 재호가 얼굴을 가까이 대고 뭔가를 모의한다.

"난 놈들인거 맞지?"

"걱정 붙들어 매라 마. 해킹에 에이스들이라."

중앙 테이블엔 은주가 조용히 앉아있고 얼굴엔 두려운 기색이 엿보인다. 서하가 차를 한 잔 가지고 와서는 은주 옆에 선다.

"은주씨! 복수는 최대한의 극한으로.... 알겠죠? 그 나쁜 놈들 절대 용서하면 안돼요."

재성이 이런 서하에게 가라는 눈총을 주며 은주 옆에 가 앉고는 나직하지만 의연하게 입을 연다..

"우리가 뭘 하려는지 알겠습니까?"

"........."

"맛만 보여주는 겁니다. 하지만 그것도 그들에겐 치명적이죠. 우리 메쓰 퍼즐도 모든 걸 걸고 운명을 같이 합니다."

"제가 뭘 하면 되는 거죠?"

"은주씨와 아기의 미래가 걸린 일입니다. "

　이때 뒤에서 누군가 소리친다.

"찾았습니다!!"

　은주가 컴퓨터에 앉아 있고 뒤로 재성을 비롯 각지의 수재들
이 머리를 들이밀며 은주를 둘러싼다. 재성이 사뭇 비장하게 말
한다.

"이중 삼중으로 된 패스워드는 우리 제군들이 풀었습니다. 이제
부턴 은주씨가 해야 합니다."

　은주가 모니터를 바라보면 복잡스런 회로들과 수식들이 얼기설
기 엮여있다.

"미국애들도, 일본애들도, 도전했지만, 실패했다고 들었습니다."

　무리들도 저마다 한마디씩 거든다. '나사도 몰래 도전했다지?'
'근거있는 말이가?' 소란스러워지자 재호가 나선다.

"다들 입다물라. 고작 수재 주제에 뭔 말들이 그렇게 많노."

　은주가 살아나는 눈빛으로 모니터를 뚫어지게 보고 있다. 손과
목줄기엔 땀방울이 고이기 시작하고 재성의 소리가 멀어져가며
들린다.

"수학의 정수. 최대 고차원입니다. 파이의 끝을 보게 될 지도 모
릅니다."

　은주의 시선에 각종 회로들과 수학 기호들과 숫자들이 웅웅거
리며 춤을 춘다.

한밤중이다. 재성 재호를 비롯하여 수재 무리들이 여기저기 널부러져 잠들어 있고, 서하와 태이도 책상에 엎드려 잔다. 은주는 모니터에 시선을 고정시키고 신끼들린 듯 맹렬하게 자판을 두드린다. 얼굴은 이미 땀범벅이 되었고 발도 절은 듯 신발을 벗고 있다. 은주의 손이 보이지 않는 속도로 움직이고 눈은 광기에 빠진 듯 취해 있다.

이윽고 뭔가 해결된 듯한 소리가 들리고...은주는 가쁜 숨을 내쉬며 몸을 흐느적 늘어뜨린다. 바튼 한숨 소리가 공명하듯 공간을 돌고 책상머리에 고개를 묻고 내려보는 은주의 시선에 벗은 신발이 눈에 들어온다.

은주가 신발을 들어올리고는 잠시 바라본다. 현수가 준... 깔창 깔린 신발. 이리저리 돌려보며 은주가 현수 생각을 하는데 무리들 중 누군가가 부스스 깨어나더니 코를 킁킁댄다.
"이기 뭔 냄새고... 노리끼리한게... 고랑내가?"
은주가 멋쩍어 황급히 신발을 내려놓고는 창피함에 고개 숙인다.

다음 날 아침 출근 길 풍경. 많은 사람들이 거리를 걷고 횡단보도를 건너고 지하철은 미어터진다. 돔형의 연결 통로를 사람들이 꽉 메우며 지나가고 차도엔 차가 빽빽이 들어차 주차장으로 변했다.

이산기하그룹 업무 개시 표정. 시간이 07: 59에서 08:00 으로 바뀐다.

이산자동차 공장. 가동되던 기계가 쿵! 주저 앉으며 정전이 된다.

이산캐피탈. 어느 유니폼 입은 여자가 마우스, 자판을 두드리지만 모니터가 먹통되어 가동되지 않는다. 앞엔 고객이 의아스런 표정을 짓는다.

이산해운. 어느 직원이 전화를 받는다.

"뭐라구요? 선박 운항이 멈췄다구요?"

이산기하그룹 본사 앞. 오가던 사람들의 휴대폰이 불통이 된 듯, 다들 우왕자왕 난리다.

동 시간 메쓰 퍼즐 사무실에는 은주가 신발을 신은 채로 소파에 모로 누워 잠들어 있다. 인원 중 반은 계속 잠자고 몇몇은 깨어 있다. 재성과 서하가 잠자는 은주 곁에 가까이 온다.

"좀 편안히 쉬게 하지."

"신발 벗기지 말라고 신신당부했다."

둘은 서로 멀뚱히 마주본다.

"그나저나 괜찮은 거야? 너무나 큰 일 벌인 거 아냐?"

"그래봐야 30분이야.. 이제 5분 남았어."

이산기하그룹 전략 기획실 내부는 초비상이 걸렸다. 그룹 비서가 책상에 앉은 본부장에게 급히 다가온다.

"지금은 정상으로 가동되고 있지만 30분간 잠정 피해액이 상당

할 것 같습니다."

"이거 누구 짓인거 같아?"

"그거보단 모든 걸 바꾸는데 천문학적인 돈이 들어갈 것 같습니다."

"미쳤어? 그 걸 다 바꾸게. 그래봐야 또 뚫릴 수 있는 거잖아."

"저는 자꾸만 그 여자가 아닌가 의심됩니다."

"입 닫지 못해!"

비서가 움찔하여 주춤하고 본부장은 몸을 가까이 하여 은밀히 속삭인다.

"1급 정신 장애인이라면서 그게 가능하겠나?"

"하지만 어쨌든 천재 아닙니까."

"난 메쓰 퍼즐 그 녀석들이 의심스러워. 배은망덕한 놈들. "

"그들은 멘사 수재들일 뿐입니다. 세상에 넘쳐납니다."

이산기하그룹 본사 현관 앞에 재성과 은주가 다가서고 재성은 은주를 염려한다.

"혼자서 괜찮겠습니까? 같이 갈 수도 있는데."

"메쓰 퍼즐을 지키셔야죠. 저도 그 때문에 살 수 있었는데..."

재성이 매우 흡족하게 은주를 본다.

" 여기서 기다리고 있겠습니다."

이산기하그룹 전략 기획실 내부 회의실에 긴장감이 가득하다. 길다란 타원 탁자 어귀에 본부장과 비서가 나란히 앉아 있고 맞은 편엔 은주가 의연한 자세로 마주 본다. 서로 기싸움의 침묵을 잠시 이어가다가 비서가 사무적인 태도로 말을 건넨다.

"안녕하세요. 오랜만에 뵙습니다. 큰 일 치루셨는데 몸은 괜찮으신지요?"

은주 또한 사무적으로 고개 한번만 끄덕이고, 이를 가소롭다는 듯이 보던 본부장이 빈정댄다.

"당신이 한 짓이라고 어떻게 믿지?"

은주가 단호히 또박또박 답한다.

"이곳의 경비를 뚫고 여기까지 올라온 걸로 설명이 부족한가요?"

"..........."

"아니면... 내일 아침에 또 한번 보여드릴까요?"

비서는 낯빛이 어두워지고 본부장은 담배를 꺼내 물면서 깊게 들이키곤 내뱉는다.

"호오... 일만 치루고 끝났나 싶었는데 아주 맹랑한 아가씨구만. 홀홀단신 혼자서 와 가지고....우리가 무섭지도 않나? 이 자리에서 영원히 밖으로 못 나가고 사라질 수도 있는데..."

"저 하나 없애 버리는 건 어렵지 않겠죠. 하지만..."

"........"

"저같은 사람이 한국에 수십 명 있습니다."

"그 수십 명 우리가 잡아들이면 그만이지...세상에 돈으로 안되는 일 봤나?"

은주가 심히 울컥해져 눈을 부릅 뜬다.

"학교나 기업이나 모두 똑같군요. 그렇다면 왜 진작에 잡아들여

서 좋은 일에 쓸 생각은 안하시는 거죠? 우리가 그토록 숨어 살
지 않도록..."

"그 중 한 명은 잡아들였지. 우리한테 있네."

"내일 아침에 저와 한 판 붙으면 아주 볼만하겠네요."

　긴장감이 드리워지고, 비서는 본부장의 귓가에 뭔가 속삭인다.

"그래, 피차 시간 낭비 말고.. 조건이 뭔가?"

"네. 기다렸습니다."

"말 해봐."

"첫째....."

　긴장감에 쌓인 본부장과 비서는 은주의 거창한 요구를 기다린
다.

"지금 당장 유괴된 아기를 찾아주세요."

"고작?"

"그리고 아기의 친권은 제가 가질겁니다."

"겨우?"

　비서는 황급히 또 본부장 귓가에 뭔가를 속삭이고 본부장은
헛기침을 한다.

"아.. 그 문제는 아기 찾고 차후에 얘기하지"

"그만 일어서겠습니다."

　비서가 은주보다 먼저 일어난다.

"아... 아닙니다. 계속하세요."

　은주가 이어간다.

"둘째, 경제적인 지원으로, 저와 아기의 인생을 책임져 주실 것."

본부장이 잠시 생각한다.

"우리가 왜 그래야 하는데?"

"대신, 제가 이곳을 위해 일하겠습니다."

본부장의 머릿속은 주판알이 돌아가고, 비서의 얼굴은 밝아져서 본부장을 보챈다.

"그게 단가?"

"마지막으로 메쓰 퍼즐 매거진에 지원을 아끼지 않고 계속해 주실 것."

"........."

"그리고 또...."

"마지막이라며?"

"아.. 죄송합니다. 진짜 마지막으로...."

"........."

"류현수를 괴롭히지 말 것."

본부장은 조건이 가소로운 듯 웃으며 은주를 본다.

"우리도 조건이 있다면?"

"말씀하세요.".

"첫 번째로 그동안의 일에 대한 비밀 유지."

"그건 저도 원하는 밥니다."

"마지막 둘째로...."

은주가 본부장의 마음을 읽고 있다.

"차후에 우리가 또 한번 같은 의뢰를 한다면 받아들일 수 있겠나?"

은주가 가만히 보다가 단칼에 자른다.

"사양하겠습니다."

　　본부장은 쓴 웃음을 머금고 비서는 마구 들뜬다.

　　본사 현관에 은주가 걸어 나오고 기다렸던 재성이 바짝 다가온다. 옆엔 그 사이에 재호가 와 있다. 궁금함을 못이긴 재성이 보채듯이 묻는다.

"잘 됐습니까?"

　　은주가 편안하고 환해진 얼굴로 끄덕인다.

"수고하셨습니다."

"고맙습니다."

"은주씨. 이제는 어디로 가실거죠?"

　　은주가 대답 없이 시선을 피하다가 목례만 하고는 돌아선다.

"은주씨!"

　　은주가 주춤하며 돌아본다.

"오로지 모성때문에 친권을 요구한 겁니까?"

　　은주가 가만히 서 있다가 우문 현답을 하듯 말한다.

"수학자 '카르다노' 이야기 아시죠?"

"삼차방정식?"

　　설명이 다 된 듯이 은주는 움직이려 한다.

"이은주씨!"

　　은주가 또 뭔가 하고 돌아보면 재성이 차렷 자세로 꼿꼿히 선다.

"모름지기.. 천재는 수재들이 알아보는 겁니다."

재호도 덩달아 맞장구친다.

"하모...그라지요. 은주씨같은 천재를 만나 억수로 영광스럽다 카입니더."

재성이 재호의 옆구리를 찌르며 은주에게 깊이 고개 숙여 인사하고 재호도 엉거주춤 똑같이 고개를 숙인다. 은주도 이에 화답하듯, 감사함을 담아 깊숙이 인사한다.

13. 세상으로 나오다.

어느 지하 으슥한 공간에 거칠게 철문이 따이고, 양복 네 명이 들이 닥치며 순식간에 브로커를 제압해 버린다. 그 중 한명이 제 딴엔 부드럽게 깍꿍 웃으며 은주의 아기를 들어올리자 아기가 빽빽거리며 우렁차게 울고, 양복이 매우 머쓱해진다.

각종 매체에서 은주와 아기, 유괴에 관한 기사들이 하나하나 삭제되어 가고 동거남 현수에 관한 이야기도 모두 폐기처분되듯 버려진다. 대신에 '세상으로 나온 이은주' '온갖 루머를 비웃 듯 당당한 얼굴.' '이산기하그룹에 임원으로 등극...' 등의 기사로 교체된다.

은주가 자신이 일하는 넓고 세련된 공간에서 아기를 품에 안는다. 아기는 지그시 눈을 감고 잠들어 있고 은주의 눈은 감동으로 떨린다. 구석에는 어느새 가지고 왔는지, 현수의 냉장고가 포장 채 놓여 있다.

메쓰 사무실에서 재성과 서하 태이가 제대로 된 정답을 넣으며 문을 열고 있는 입구를 주목하자, 가방을 맨 소혜가 들어와 인사하고 멘사 테스트에 임한다.

더욱 두툼해진 많은 양의 메쓰 잡지들이 트렁크에 실리고 있다. 운전석과 조수석엔 새로운 영업사원 남자 둘이 앉아 있고, 중형의 고급차가 부드럽게 출발한다. 정민은 이들을 배웅하며 멀어지는 차를 물끄러미 본다.

증권사들이 매우 분주하다. 상한가 빨간 표시가 되어 있는 이산전자. 여기에 여러 기사들이 쏟아지고 있다.

'이산전자. 신기술 특허 획득.' '공인 천재 이은주 이사의 쾌거' '기초과학 진전의 승리'

은주가 기자들에 둘러싸여 인터뷰를 한다.

메쓰 퍼즐 사무실이 이사를 했다. 새롭게 디자인 된 'MATH PUZZLE' 로고에 공간이 한층 넓어졌다. 직원이 보강되어 10명 정도의 인원들이 개인별로 구획된 책상에 앉아 있고 서하와 태이는 팀장 자리에 위치해 있다. 자기 방이 따로 생긴 재성이 은주의 기사가 난 신문을 읽고 있으면, 소혜가 차를 받쳐들고 들어온다. 차엔 여전히 두둥실 두부가 떠 있다.

"사장님. 오늘부터 유기농으로 바꿨어요."

"어때? 일은 할 만 한가?"

"아니요."

재성이 의외의 얼굴로 소혜를 보면, 소혜는 눈을 찡긋 너스레 떤다.

"은주 언니가 보내주는 문제가 너무 어려워져서, 모니터링도 중노동이에요."

"괜찮아. 이젠 수험생 뿐만아니라, 대학원생 그리고 교수들도 열심히 본다."

이 때 서하와 태이가 후다닥 방으로 들어온다.

"재성 형! 문제 정답을 보낸 애독자가 또 나타났어."

"이번엔 누군가? 학생인가? 또 여잔가?"

태이도 희열감에 흥분한다.

"이번 애독자 퀴즈는 은주씨... 아니 이사님이 낸 회심의 문제였어요."

재성이 넉넉한 웃음을 지으며 유유히 읊조린다.

"또 다른 천재의 등장이군. 불가사의한 일들은 얼마든지 일어나는 법."

"은주씨에게 알려야 할까?"

소혜가 끼어든다.

"언니는 오늘 카이스트에서 강의가 있어요."

서하가 이런 소혜를 빤히 보며, 놀려먹듯 말 한다.

"너는 아직도 은주씨 대변인이니?

소혜가 헤죽거리며 웃는다.

정민의 집 앞에는 차를 앞에 세워두고 영업사원 둘이서 실랑이를 벌이고 있고 앞에선 정민이 재미난 듯 지켜본다.

"이거 왜 이래! 내가 먼저 찜했어."

"넌 애인 있잖아. 이번엔 나한테 양보해!"

"나도 이번 기회에 누구처럼 천재랑 살아보고 싶어서 그런다,"

이들을 지켜보던 정민이 가까이 온다.

"이번에도 경품은 냉장고냐?"

"에어컨이여."

"저는 세탁기. "

'세탁기가 에어컨에 비할 바냐?' '좋아 가서 정해' '공평한 확률로 가위 바위 보?' 사원 둘이 계속 티격태격 주고 받으며 차에 올라 움직이기 시작하면, 정민이 멀어지는 차를 향해 소리친다.

"안 계시면 끝까지 기다려야 돼! 그리고 혹시나 어렵게 살고 계시면...."

차는 이미 저만치 멀어졌고 정민은 혼자 말로 중얼거린다.

"모시고 와야 돼...."

가만히 들고 있던 메쓰 잡지를 내려 보던 정민이 어딘 가로 전화를 건다.

"나다. 오늘은 니가 좀 갈 곳이 있어."

상대방의 투덜대는 듯한 소리가 들리고 누군지 알 것 같다.

"다음 달 잡지 초안이 나왔는데, 이이사가 오늘 좀 필요하다고 해서......... 강의에 필요해서겠지. "

우물쭈물 하는 듯한 상대방의 소리가 들린다.

"사실은 너, 가고 싶잖아. 안그래?"

카이스트 교내 강당 구석에서 은주는 분장을 받고 있고 청강생 들이 내부를 꽉 메웠다. 카메라를 세운 취재진들이 포진하고 대형 스크린 앞에 사회자로 보이는 여자가 마이크를 든다.

"본격적인 강의에 앞서, 이은주 이사님께서 준비해오신 자료를 보도록 하겠습니다. 바야흐로 수학이 눈에 보이는 세상입니다."

불이 꺼지고 대형 스크린에 빛이 투사되고 복잡 다기한 전개

도들이 펼쳐지면, 마치 트랜스포머가 변신하여 합체 되듯 멋진 입체 도형들이 완성된다. 다양한 도형들이 펼쳐지고 완성되고 하는 영상들이 무척이나 아름답고 황홀하며 여기 저기에서 감탄의 함성이 터진다.

카이스트 강당 입구엔 아주 낯익은 카렌스 승용차가 와서 조용히 선다.

강당 스크린 앞에 선 은주가 정장 차림에 상당한 폼새를 뽐내며 막 강의를 시작하려 하고 내부도 이에 주목하며 은주의 말을 기다리는데, 똑똑! 하는 노크 소리가 들린다. 모두가 강의에 대한 기대를 담아 침묵하는 가운데 빼꼼히 문이 열리면서 현수가 모습을 드러낸다.

단정한 머리하며 양복 차림을 한 것이 평소의 그 같지 않고 매우 점잖아 보인다. 내부의 시선이 일제히 그에게 쏠리고 은주는 다소 놀란 듯 현수를 본다. 현수는 머뭇대며 메쓰 퍼즐 잡지를 치켜 올린다.

"죄송합니다...이사님께서 오늘 교재를 두고 가셔서..."

은주는 조금 곤란하다 싶은 얼굴이다.

"나중에 올까요?"

은주가 다소 난처하지만, 현수를 돌려세우긴 힘들다.

"들어오세요."

현수가 조심스레 들어와 은주에게 두 손 모아 잡지를 건네고,

허리까지 숙인 현수의 시야에 은주가 신고 있는 구두가 보인다. 매우 고급에 번쩍이지만 불편해 보이는 구두다. 현수가 상채를 숙이고 가방에서 새 운동화를 꺼내더니 두툼한 깔창을 오른쪽 신발에 넣는다.

"공식적으로 메쓰 퍼즐에서 이사님을 에스코트 하라는 지시가 있었습니다."

현수가 은주의 구두를 살며시 벗기고 운동화를 신기기 시작하고 오른 발엔 깔창 가득한 운동화를 신기면서 속삭이듯 말한다.

"제가 특수 제작한 겁니다. 아카시아 향기가 나는…"

은주가 내려보면서 눈망울이 흔들리고 좌중들이 웅성거리기 시작한다. 이 즈음 취재 카메라 옆의 기자 하나가 나선다.

"저도 죄송합니다만, 본격적인 진행에 앞서 사람들이 이사님한테 가장 궁금해 하는 거 하나만 답해주시겠습니까?"

좌중들의 시선이 분산되고 은주는 조금 긴장한다.

"공식적으로 결혼을 하셨는지요?"

다시 또 좌중들은 웅성이고 은주 신발의 줄을 묶던 현수는 순간 화끈해져서 하던 것을 서두른다. 이를 보던 은주의 표정이 은은하게 변한다.

"공식적으로 저를 보살펴주는 고마운 사람이 있다는 것만 밝히겠습니다."

현수가 불편한 듯 재빨리 퇴장하고 강당 문이 쿵! 닫힌다.

"혹시 그 분도 은주씨처럼 수학을 잘 하는 분입니까?"

은주가 현수가 사라진 문을 얼핏 보면서 미소를 머금는다.

"저에게 수학만큼 고마운 사람입니다."

강당 입구에서 현수가 운전석에 앉아 룸미러를 돌려보면, 이젠 액자에서 나온 은주의 과거 사진들이 있다. 3살 아기같은 은주의 얼굴. 6살짜리 은주의 사진. 10살 학사모를 쓴 은주의 사진. 현수는 이들 대신 아기를 품에 안고 활짝 웃는 은주의 현재 사진을 액자에 고이 끼워 넣는다.

은주와 현수의 첫 만남은 이랬었다. 메쓰 퍼즐 매거진의 영업 사원 현수가 차에서 내리자마자, 은주의 가판대에 잡지 뭉치를 꽂아 넣고는 재빨리 차에 올라 달아난다. 은주가 찡그린 얼굴로 나와 멀어지는 현수를 보면서 뭔가 하고 꽂아 놓은 잡지를 꺼내 펼쳐본다.

은주가 가판대에 앉아 오랜만의 행복감을 느끼며 문제를 풀어가고 막 애독자 카드가 작성되었다.

비가 오는 우체통 앞에 우비를 쓴 은주가 다가온다. 한참을 망설이던 그녀가 기도하듯 두 손 모아 애독자 카드를 넣는다.

.끝.

이은주 살리기

지은이 : 유영준
펴낸이 : 이제현
발행일 : 2023년 06월 20일
ISBN : 979-11-982719-6-9(03810)

펴낸곳 : 창작공간 잇스토리
마케팅 : 매드플랙션
출판신고 : 제 2023-000021호
이메일 : it-story@b-camp.net

잇스토리는 영상 IP 전문 프러덕션입니다.
영화/드라마와 소설의 경계선에서 이야기를 찾아가고 있습니다.
문을 두드려 주세요. 문의와 제안은 언제나 즐겁습니다.

홈페이지 : http://itsastory.modoo.at
인스타그램 : http://instagram.com/it_story.kr
블로그 : http://blog.naver.com/it-story